KAMPENWAND
VERLAG

ISBN: 978-3986600280

www.kampenwand-verlag.de

Versand & Vertrieb durch Nova MD GmbH
www.novamd.de · bestellung@novamd.de · +49 (0) 861 166 17 27

Text: Krinke Rehberg
Bilder: LeaDigszammal, Hungary; Pixel to the People; nurdudean, Thailand; Joel Calheiros, Portugal
Druck: CUSTOM PRINTING
Wał Miedzeszyński 217, 04-987 Warszawa, Polen

KRINKE
REHBERG

GRABESKIRCHE

SYLT KRIMI

Für Sabine
Sie ist alles in oin!

ACH JA: NIEMAND IST PERFEKT!
Daher bitte ich, eventuelle Rechtschreibfehla zu entschuldigen ...;)

»Ein Mord hängt einem nach wie ein Fluch.«

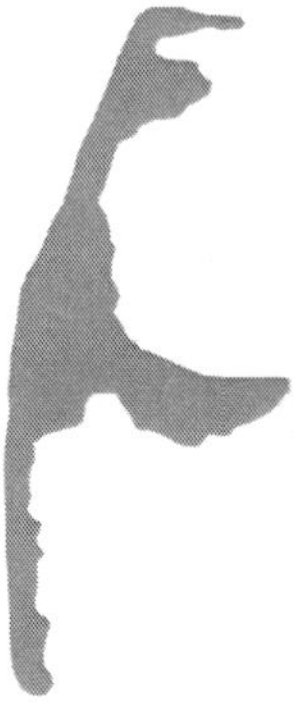

Kapitel 1

1451

Ein bedrohlicher Sturm braute sich über der Nordsee zusammen. Keiner der Fischer war hinausgefahren. Die dunkle Wolkenwand verhieß nichts Gutes. Eisiger Wind fegte von Westen über die Inseln und Halligen. Das auflaufende Wasser wurde auf das Land gedrückt, eine Sturmflut war zu befürchten. Weststürme dieser Art brachten Verwüstungen, töteten Mensch und Vieh und ließen Schiffe sinken.

Auf dem Watt ragte eine schmutzige Hand, die Finger unnatürlich verkrümmt, aus einem Haufen roter Backsteine. Als würde sie noch im Tod um göttliche Hilfe bitten, streckte sie sich dem Himmel entgegen.

»Passt doch auf!«, schrie Ove Dalsgaard wütend gegen den Sturm an und eilte den Arbeitern zu Hilfe. Mit bloßen Händen warfen sie die Backsteine beiseite und rissen sich die Haut auf. Die Männer auf der Baustelle zum Kirchturm von St. Severin wussten, dass jede Hilfe zu spät kam. Der Junge war von den Steinen regelrecht begraben worden. Auf dem sandigen Untergrund war der alte, viel zu schwer beladene Karren abgesackt. Immer wieder hatten die Fuhrleute den

Pastor auf diese Gefahr hingewiesen, aber er war unerbittlich geblieben. Die Arbeiten mussten zügig vorangehen. Der Kirchturm war ein Symbol für die Größe und Herrlichkeit Gottes, des allmächtigen Herrn.

Der junge Hagen Ipsen hatte keine Chance gehabt, als die Ladung Backsteine sich über ihm entlud.

Hunderte von Wagenladungen waren mit Kähnen über die Priele gebracht worden, um das quadratische Fundament auf dem weichen Sandboden zu legen. Nächste Woche sollten die Mauern des Turms stehen. Die hölzernen Gerüste waren bereits von den Zimmerleuten errichtet worden und knarzten stöhnend im Sturm.

Ipsen war das siebte Opfer dieses Bauwerks und hinter vorgehaltener Hand raunten sowohl die Arbeiter als auch die Bewohner der Insel sich zu, dass ein Fluch auf St. Severin laste.

Ove Dalsgaard hatte das Amt des Strandvogts von seinem Vater übernommen, der es wiederum von seinem Vater geerbt hatte. Anfangs war er, wie viele andere auf der Insel, begeistert vom Bauvorhaben gewesen. Schließlich brachte es Arbeit für die jungen Männer von Sylt und den umliegenden Halligen. Aber nun, nach diesem erneuten, tödlichen Arbeitsunfall, plagten ihn Zweifel. Er fragte sich, ob der Bau des Kirchturms tatsächlich der Wille Gottes war? Es war seine Aufgabe, die Familie Ipsen auf Hallig Hooge vom Tod ihres Sohnes zu unterrichten. Allein sein Erscheinen löste mittlerweile einen Schock aus. Zu viele Todesnachrichten hatte er in den letzten Wochen überbringen müssen! Aber durfte er sich gegen den Pastor und damit gegen Gott auflehnen?

In Listland herrschte nach wie vor das dänische Königshaus. Hier in Kejtum waren sie zwar unabhängig geworden, aber da die Insel unter der Verwaltung des Amtes Tondern und des Herzogtums Schleswig stand, war die Situation politisch angespannt. Der Bau des Kirchturms galt als Prestigeobjekt und die Kirche war bereit, jeden Preis zu zahlen.

Als Strandvogt von Kejtum aber war er den Bürgern verpflichtet und spürte den Unmut über den Bau, der ohne Rücksicht auf Wind, Wetter und Menschenleben vorangetrieben wurde.

Pastor Knudsen kam nur widerwillig aus dem Haus, um vor dem Toten ein kurzes Gebet zu sprechen. Dann wies er die Arbeiter an, Ipsen auf dem Armenfriedhof zu bestatten. Seine Familie war mittellos, wie die meisten anderen, die ihre Söhne auf den Bau schickten. Sie würden kein Begräbnis bezahlen können.

Hagen Ipsen wurde, auf einem Brett liegend, auf dem Brachland hinter der Friedhofsmauer bestattet. Neben dem frisch zusammengenagelten Kreuz standen sechs weitere. Pastor Knudsen fand erst einige Tage später die Zeit, ein Gebet am Grab des Jungen zu sprechen. Der Bau des Gotteshauses forderte Menschenleben und die zu Tode gekommenen Arbeiter hatten ein christliches Opfer erbracht. Gott war gnädig und hatte sie zu sich geholt, es war der Preis, der für die Errichtung der Kirche zu zahlen war. Er selbst widmete schließlich sein ganzes Leben der Verbreitung von Gottes Botschaft. Die Familie Ipsen konnte stolz auf das Opfer ihres Sohnes sein. Das dumme Geschwätz der Bauern und Fischer von einem Fluch, der auf dem Bau laste, war ihm natürlich zu Ohren gekommen, aber keiner dieser ungebildeten Leute würde sich gegen einen Gesandten Gottes auf Erden wenden. Er schüttelte verärgert den Kopf und fluchte so leise, dass Gott es nicht hören konnte.

Als ein paar Monate später der Dachstuhl mit roten Ziegeln eingedeckt wurde, stand Pastor Knudsen voller Stolz vor dem Kirchturm, der weit über die Insel hinaus sichtbar sein und den Seefahrern als Landmarke dienen würde. Er sprach ein stilles Dankgebet für die erfolgreiche Fertigstellung. Die sieben Todesopfer, die der Bau gefordert hatte, waren vergessen. Er erinnerte keinen einzigen Namen.

Pastor Tjark Knudsen sah auf dem Dachstuhl einen der Arbeiter auf einem feuchten Holzbalken ausrutschen und hörte den Aufschrei der Umstehenden, als der Mann in letzter Sekunde Halt an einem Ausleger des Gebälks fand und dem sicheren Tod entging. Erleichtert atmete die Menge auf, als die Kollegen ihn zurück auf den Balken zogen. Alle starrten mit zurückgelegtem Kopf nach oben und niemand bemerkte die vom Turm fallende Dachpfanne, die Pastor Knudsen in das zum Himmel gewandte Gesicht traf. Ein abgesplittertes Stück des gebrannten Tonziegels bohrte sich oberhalb der Nasenwurzel zwischen seine Augen. Er war das achte Todesopfer, das die Errichtung des Turms von St. Severin gefordert hatte.

Als die Nachricht der Fertigstellung zeitgleich mit der seines Todes im Herzogtum Schleswig eintraf, war Adolf der Erste, Herzog von Schleswig, begeistert von der frohen Kunde, ohne einen Gedanken an den verstorbenen Geistlichen zu verschwenden. Die Bauarbeiten des Kirchturms zu St. Severin auf Sylt in Kejtum waren erfolgreich abgeschlossen worden.

Kapitel 2

Heute

Wann haben Sie sie gefunden?«, fragte Bente verschlafen. Es war 5 Uhr und ihr Wecker würde in einer Stunde klingeln. Sie hatte den gestrigen Abend bei Erik verbracht und war dort auch eingeschlafen. Als sie um 2 Uhr aufgewacht war, hatte sie sich mit Ulrike aus seiner Wohnung geschlichen und war in ihr Apartment gegangen. Seit Wochen schliefen sie gemeinsam ein, wachten aber in ihren eigenen Betten auf. Bente wollte nicht mit ihm frühstücken und womöglich sogar Hand in Hand mit ihm im Büro auftauchen.

Eine halbe Stunde später stand sie mit einem Plastikbecher, in dem Automatenkaffee war, im Türrahmen des Krankenzimmers und verschaffte sich einen Überblick.

»Lassen Sie mich durch, ich bin Arzt!«, hörte sie eine bekannte Stimme hinter sich im Flur. Aus der Menge des Personals und der schaulustigen Patienten, die sich im Flur drängelten, stach er deutlich heraus.

»Moin, Brodersen!«, grüßte er knapp.

»Echt jetzt, Flackner? *Lassen Sie mich durch, ich bin Arzt?*«, grinste sie süffisant.

»Was denn? Als Gerichtsmediziner bin ich Arzt und ich wollte das schon immer mal sagen! Wen haben wir denn hier?«, murmelte er, einen Arzt bei der Visite nachahmend.

»Flackner, es reicht!«

Wortlos schlüpfte er in den weißen Papieroverall und streifte sich die Latexhandschuhe über. »Sie ist definitiv erstochen worden!« Er wies mit dem Zeigefinger auf den Messerschaft. Sein spärlich behaarter Kopf war dem Fenster zugewandt.

»Das sehe ich auch, es steckt ein Messer in ihrer Brust!«, reagierte Bente verärgert.

»Das Leben ist leichter mit Humor und erst recht am frühen Morgen, Brodersen!« Er winkte die Mitarbeiter der SpuSi herein, die ebenfalls weiße Papieroveralls trugen.

»Bei Mord hört der Spaß auf!«, bemerkte sie kühl und beförderte aus einer ihrer Hosentaschen Einweghandschuhe. Dann öffnete sie den Schrank, der in der Ecke zum Bad stand. Das Zweibettzimmer in der Nordseeklinik lag im zweiten Stock und war nach Westen ausgerichtet. Der Ausblick auf die Dünen und den bereits blauen Himmel war unangemessen schön. Die Sonne schickte ihre Strahlen ungehindert auf das Wasser und ließ die Nordsee glitzern.

»Oh, nein!«, rief Heike Röder, die in diesem Augenblick ins Zimmer geeilt kam und die Tote im Bett sah. Abrupt drehte sie sich zur Wand und kämpfte mit dem Brechreiz. Die junge Kollegin würde sich wohl nie an den Anblick einer Leiche gewöhnen.

Bente blickte kurz zu ihr hinüber. »Geht´s?«

Heike winkte ab und nickte.

»Die Tote ist nicht Patientin in diesem Zimmer gewesen. Die Schränke sind leer, im Bad gibt es keine persönlichen Utensilien, der Nachtschrank ist ebenfalls leer.«

»Das Zimmer war nicht belegt«, bestätigte eine kräftige, kurzhaarige Krankenschwester, die in der Tür stand. Auf ihrem Namensschild las Bente den Namen und fragte: »Haben Sie die Leiche gefunden, Schwester Andrea?«

Sie nickte stumm.

»Das muss ein Schock gewesen sein!«, seufzte Heike mitfühlend.

Andrea Denker zuckte mit den Schultern. »Es ist an Sarkasmus kaum zu überbieten! Wir reißen uns beide Beine aus, um Leben zu retten und dann wird ausgerechnet hier im Krankenhaus jemand ermordet!«

Bente sah sie an und nickte. Seit Jahren wurde regelmäßig über die desaströsen Zustände in den Krankenhäusern berichtet. Zu wenig Personal, zu geringe Bezahlung und nicht kostendeckende Einnahmen waren nur einige der Brennpunkte, die ihr in den Sinn kamen. »Wissen Sie, um wen es sich bei der Toten handelt?«

Andrea Denker schüttelte den Kopf. »Auf jeden Fall hat sie nicht auf meiner Station gelegen!«

Flackner pfiff kurz und rief: »Das solltest du dir ansehen, Brodersen!«

Bente wandte sich an Heike: »Nimm die Aussagen auf und hör dich um, ob jemandem etwas aufgefallen ist, und besorge die Videoaufnahmen.« Sie zeigte auf die Kameras an der Flurdecke. Damit ließ sie Schwester Andrea und Heike stehen, ging zu Flackner und raunte ihm leise, aber unmissverständlich drohend zu: »Du pfeifst nie wieder nach mir, als wäre ich ein Hund!« Sie sah ihn kalt an. Männer, die Frauen nachpfiffen, gehörten verboten, es war respektlos und übergriffig, und sie hätte nicht weniger verärgert reagiert, wäre Flackner ihr Vorgesetzter. Aber hier war es andersherum und sie würde dafür Sorge tragen, dass dieses ungebührliche Verhalten sich nicht wiederholte.

Flackner zuckte zusammen. In Bentes Blick erkannte er einen aufziehenden Sturm. Er zog es vor, nicht mit ihr zu streiten. Sie genoss den Ruf, keiner Konfrontation auszuweichen. Diese Frau machte keine Umwege, sie kam direkt zum Punkt. Er schätzte die Arbeit der Dienststellenleiterin der Kripo Sylt und mochte ihre friesische Sturheit. Verlegen murmelte er eine Entschuldigung und schlug die Bettdecke zurück. Sein Team hielt jedes Detail mit den Kameras fest und das Klicken war das einzige Geräusch im Zimmer.

Verblüfft starrte Bente auf die Tote. »Eine Nonne? Gibt es auf Sylt ein Kloster?«

Flackner schüttelte den Kopf. »Nein, soweit ich weiß, nicht, aber die älteste Kirche Schleswig-Holsteins haben wir! Die St. Severin in Keitum, die kennt hier jeder!«

Bentes Blick war Antwort genug.

»Schäm dich, lebst hier und weißt nichts von der Geschichte!«

»Oh, Asche auf mein Haupt, Flackner! Ich wusste nicht, dass ich in einer Geschichtsstunde bin! Mach deinen Job und erzähl mir was über die Todesumstände!«

»Die Leichenstarre ist noch nicht vollständig eingetreten. Ich würde den Todeszeitpunkt auf irgendwann zwischen 2 Uhr und 4 Uhr schätzen. Weiblich, Mitte bis Ende vierzig...«

»Weiblich?«, stöhnte Bente fassungslos auf.

Er runzelte die Stirn. »Siehst du, man wird in dem Job irgendwann betriebsblind.«

»Okay, was noch?«, hakte Bente nach und im selben Moment stockte sie und starrte in das Gesicht der Toten. »Das ist keine echte Nonne! Sie hat sich die Lippenkonturen und Augenbrauen lasern lassen!«

Flackner nickte und zog die Kukulle, die Kopfbedeckung der Nonnen, zurück. »Und keine Nonne lässt sich die Haare färben«, ergänzte er mit einem Blick auf die blondierten Strähnchen. »Die Menge des Blutes auf Bettwäsche und Matratze deutet darauf hin, dass sie in diesem Bett erstochen wurde«, fuhr er fort. Er streifte den Ärmel des Habits hoch und wies auf ein Tattoo am Unterarm. »Unüblich, aber das kann natürlich weit vor Ordenseintritt gestochen worden sein«, murmelte er.

»Ein Kreuz, wie passend!«, seufzte Bente.

»Siehst du das feine Narbengewebe hier?«

Bente nickte. Um das Tattoo war die Haut etwas bleicher.

»Die Tätowierung muss ursprünglich größer gewesen sein«, erklärte Flackner. »Irgendein Motiv befand sich um das Kreuz. Das wurde professionell, mittels Laser, entfernt.«

»Brodersen, ich habe was gefunden!«, erklang Heikes Stimme von der Tür.

»Was?«

»Die Videoüberwachung zeigt, dass das Opfer heute Nacht in dieses Zimmer geschoben wurde!«

»Von wem?«

»Von einem Patienten!«

Kapitel 3

Frühjahr 1740

Die schmale, hölzerne Treppe knarzte bei jedem Schritt. Einige der alten Holzbohlen hatten die Jahrhunderte morsch werden lassen. Vorsichtig mied sie das brüchige Holz und stieg den Kirchturm hinauf.

Die Hebamme hatte ihr nicht helfen können. Das Kind würde kommen und die Dorfbewohner tuschelten bereits, dass sie den Teufel angebetet und ihm nicht nur ihre Seele, sondern auch ihren Körper verkauft hätte. Das Kind des Leibhaftigen dürfe nicht auf der Insel bleiben. Heute war sie vom Hof gejagt worden, wo sie seit vier Jahren als Dienstmagd Essen und Schlafstätte gehabt hatte.

Ihr Körper glühte und der Schweiß rann an ihr herab. Das Kind trat von innen gegen ihren Bauch. Sie bemühte sich, flach zu atmen. Die feuchte Backsteinmauer des Kirchturms war angenehm kühl und sie legte ihre Stirn dagegen.

Sie wusste, gleich würden die Glocken läuten. Es war ihre letzte Chance, ihn zum Einlenken zu bewegen. Als sie durch die Luke in den Glockenraum trat, erschrak er.

»Du trägst das Kind des Satans in dir!«, rief er anklagend und hob den Zeigefinger. »Dafür wirst du in der Hölle schmoren!«

Sie starrte ihn ungläubig an. »Aber Ihr seid es doch, der mich geschwängert hat! Ihr wisst doch ganz genau, dass ich dieses Balg Euch zu verdanken habe!«

Wie ein heißer Lavastrom, der aus der Tiefe eines Vulkans unaufhaltsam seinen Weg an die Oberfläche suchte, stieg in ihm eine Wut auf, die er nicht bändigen konnte. »Wage es nicht, mich, den Diener Gottes, zu beschuldigen!«, schrie er. »Dich hat der Satan gesandt, um mich in Versuchung zu bringen! Dieses Balg ist die Frucht seiner Lenden!« Blind vor Zorn verdunkelten sich seine Augen. Dann schoss ein greller Blitz in seine Gedanken und augenblicklich erstrahlte sein Antlitz. Gott hatte ihm befohlen, diese Kirche zu schützen.

Eine Woche später kamen die Bewohner von Munkmarsch und Keitum zusammen, um den Eingang zum Glockenturm von St. Severin zuzumauern. Auf diesem Kirchturm lag ein Fluch, das erzählte man sich schon seit Generationen.

Nichts sollte mehr an das Unglück erinnern, das sich hier abgespielt hatte.

Kapitel 4

Wir brauchen die Videoaufzeichnungen der letzten vierundzwanzig Stunden von allen Kameras im Gebäude«, wandte Bente sich an den Leiter der Spurensicherung. »Irgendwo muss zu sehen sein, wo und wann die Nonne die Klinik betreten hat. Und wenn wir Glück haben, sichten wir auch diesen Patienten mit Bademantel auf den Bildern!«

Heike hatte bereits alle Stationsleitungen verständigt, damit der auf dem Standbild deutlich zu erkennende grau-schwarz-gestreifte Bademantel gefunden würde. Der Besitzer war natürlich tatverdächtig, aber welcher Patient würde sein Krankenbett verlassen, um eine Nonne zu erstechen?

Heike sah sich ihre Notizen auf dem Handy an. »Es wurde keine Nonne eingeliefert.«

»Das heißt, sie ist als Besucherin gekommen?«

»Ja, das müsste auf den Videos zu finden sein!«

»Schick die Aufnahmen zu Klemme und Timme ins Büro, sie sollen anhand der Sequenzen ein Bewegungsprofil von der Nonne und diesem Bademantelbesitzer erstellen!«

Sie war immer noch verärgert. Flackners respektloses Pfeifen bewies, dass zu viel Kollegialität zu laxen Umgangsformen führte. Genervt stöhnte sie stumm auf. Es fiel ihr schwer, im Team zu arbeiten und zu allen Seiten freundlich und kameradschaftlich zu sein. Privatleben und Dienst hielt sie strikt getrennt, das hatte die Erfahrung sie gelehrt. Sie kannte ihren Ruf, schwierig und arrogant zu sein. Aber damit konnte sie leben, zumindest besser als mit übergriffigem Heranpfeifen! Im LKA hatte sie sich nach der Verurteilung ihres verstorbenen Exmannes einen festen Panzer zugelegt, der jegliches Getratsche und Mitleid an ihr hatte abprallen lassen. Lutz war ein Kollege gewesen, der im Undercovereinsatz die Fronten gewechselt hatte und schließlich zu einer achtjährigen Gefängnisstrafe verurteilt worden war. Erst mit dem Antritt der Dienststellenleitung der Sylter Kripo war es ihr gelungen, den Spießrutenlauf zu beenden. Hier auf der Insel war sie zur Ruhe gekommen und hatte sich in den vergangenen Jahren bemüht, aufgeschlossener zu werden. Der Panzer war brüchig geworden, der Umgang mit ihrem Team fast freundschaftlich, und somit hatten Tür und Tor offen gestanden für genau dieses Verhalten, das Flackner gezeigt hatte!

Sie verbannte diese Gedanken aus ihrem Kopf und konzentrierte sich auf den Fall. »Okay, eine Nonne gehört im weitesten Sinn zur Kirche, wie viele haben wir auf der Insel?«

Heike nahm ihr Handy und befragte Google. Sie zählte lautlos die Punkte auf dem Display. »Elf!«

»Elf? Wo stehen die denn alle?«, staunte Bente.

»Hier sind alle eingezeichnet!« Heike hielt ihr grinsend das Handy vor die Nase.

Bente überlegte, wann sie zuletzt in einer Kirche gewesen war. Es musste zur Taufe von Anka gewesen sein. Ihre Tochter war mittlerweile vierundzwanzig, also vor einem viertel Jahrhundert! »Wir werden eine Inselrundtour machen und diese elf Kirchen abklappern!«

Sie hatten bisher keinen Anhaltspunkt, wer die tote Nonne war. Allerdings gab es die berechtigte Hoffnung, dass ihre Fingerabdrücke sich im System befanden. Alles an dieser Ordensschwester wirkte unecht, als hätte sie sich lediglich ein Kostüm angezogen.

»Gut, dann hoffen wir mal, dass wir zu dieser unchristlichen Zeit die Pastoren wach bekommen!«, nickte Heike tatendurstig.

Bente schüttelte nachdenklich den Kopf. »Ja, es ist naheliegend, dass eine Nonne ihre Gebete in einer Kirche abhält. Vielleicht hat einer von ihnen sie gesehen oder sogar gesprochen. Ich bin weder bibelfest noch kenne ich mich mit dem Verhaltenskodex von Nonnen aus, aber es ist unsere einzige Spur!« Es waren nicht nur die an die Öffentlichkeit gelangten Gräueltaten aus der jüngsten Vergangenheit, die sie fassungslos und wütend machten. Vielmehr verachtete sie das alte Machtkonstrukt der Kirche, das sich über die Justiz stellte und somit eine Strafverfolgung der nachweislichen Täter verhinderte, als wären sie alle ins Mittelalter zurückkatapultiert worden! Wie konnte eine Demokratie wie die Bundesrepublik Deutschland es zulassen, dass diese vierte Gewalt im Staat sich über geltendes Recht stellte? Und wie war es mit dem Grundgesetz vereinbar, dass lebensrettende Organspende aktiv beantragt werden musste, Kirchensteuer aber über staatliche Behörden eingezogen wurde und ein Austritt aus der Kirche ein persönliches Erscheinen beim zuständigen Standesamt erforderte? Das war in Zeiten der E-Akte doch reine Schikane! Genervt wandte sie sich an Heike: »Was guckst du so komisch?«

»Fühlt sich irgendwie seltsam an, einen Pastor nach einem Mordopfer zu befragen, noch dazu, wenn es sich um eine Nonne handelt«, murmelte Heike. »Letzten Endes sind sie für viele Menschen Respektspersonen von klein auf, mich eingeschlossen.«

»Ich mache da keine Unterschiede!«, erwiderte Bente trocken. »Pastoren sind keine Engel auf Erden, aber ich weiß, dass unsere Meinung über die Kirche auseinander geht. Falls es dich tröstet, glaube ich eh nicht, dass diese Spur uns weiterbringt!«

»Warum?«

»Eine Frau, die sich als Nonne verkleidet, ist eher nicht gläubig, oder? Wir werden mehr wissen, wenn Klemme und Timme die Aufnahmen der Videoüberwachung ausgewertet haben. Trotzdem sollten die Pastoren befragt werden, aber das können auch die Kollegen der Wache übernehmen!«

»Mit Unterstützung sieht´s die nächsten zwei Tage schlecht aus.« Heike hob belehrend die Stimme und hob den Zeigefinger. »Horst Lichter dreht mit seinem Team eine Spezialausgabe seiner Sendung in Westerland!«

»Was für eine Sendung?«, fragte Bente irritiert.

»*Bares für Rares*, kennst du das etwa nicht?«

»Muss ich?«

»Nein, du musst gar nichts, aber du bist damit wohl die einzige Person in diesem Land, der das nichts sagt! Schon mal von *Dschungelcamp* oder *GNTM* gehört?«, lachte Heike und rollte verzweifelt mit den Augen.

»Gehört schon, aber nie gesehen«, grinste Bente. »Klär mich auf über diese Sendung!«

»Es ist wie ein Flohmarkt im Fernsehen. Da senden Leute ihre verstaubten Besitztümer aus dem Keller oder Dachboden an ein Expertenteam. Die prüfen das Stück auf Herz und Nieren und legen einen Preis fest. In der Sendung wird der Trödel dann dem Publikum präsentiert und eine Gruppe von Händlern nimmt an der Versteigerung teil. Der Meistbietende erhält den Zuschlag und es ist manchmal wirklich spannend, um was für einen unentdeckten Schatz es dabei geht!«

Bente starrte ihre junge Kollegin ungläubig an. »Spannend?«

»Ja!« Heike runzelte die Stirn. Die Sendung war kurzweilig und bedeutete eine angenehme Zerstreuung am Feierabend.

»Okay. Und deswegen ist auf der Insel mehr los als sonst?«

»Ja, das Interesse von Touristen und Einheimischen ist wie bei allen Fernsehfilmaufnahmen groß, es müssen Absperrungen aufgebaut und überwacht werden.«

»Und dafür ist die Polizei zuständig«, stöhnte Bente.

»Klar, ist nichts anderes als beim *Surf Cup* oder beim *Private Open* Golfturnier, sei froh, dass es kein Fussballstadion auf der Insel gibt!«

Schwester Andrea kam über den Flur und reichte Heike einen Ausdruck. »Hier ist die Liste der Kollegen, die auf dieser Station Nachtschicht hatten. Auf die anderen habe ich keinen Zugriff, da müssen Sie sich an die Personalabteilung der Klinikverwaltung wenden.«

Heike nahm das DIN-A4-Blatt entgegen. »Wann wurde die Nachtschicht abgelöst?«

»Von 5:45 Uhr bis 6 Uhr ist Übergabe.«

Bente sah auf die Uhr und wandte sich an die Schwester: »Wir müssen mit Ihren Kollegen sprechen, vielleicht hat jemand etwas gehört oder gesehen. Jedes Detail kann von Bedeutung sein!«

Abwehrend hob Schwester Andrea die Hände. »Dafür haben wir keine Zeit! Die Patienten müssen versorgt werden und wir sind chronisch unterbesetzt!«

»Das ist bedauerlich, aber hier geht es um Mord!«, konterte Bente scharf.

»Das ist mir bewusst, Frau Kommissarin.«

»Hauptkommissarin!«, korrigierte Bente.

Die Stationsschwester sah sie ernst und unerbittlich an. »Sie kümmern sich um die Toten, wir sorgen dafür, dass unsere Patienten am Leben bleiben!«

Bente stutzte. Warum war diese Frau so unkooperativ? »Sie missverstehen da etwas. Wir kümmern uns nicht um die Toten. Unser Job ist es, den Mörder ausfindig zu machen, der hier bei Ihnen auf der Station eine Frau erstochen hat! Und jetzt möchte ich mit dem Pflegepersonal sprechen!«

Schwester Andrea sah auf ihre Armbanduhr. »In einer halben Stunde ist das Frühstück durch, können Sie bis dahin warten?«

»Nein.« Bente verzog keine Miene.

Die Stationsschwester lief rot an und rief einer vorbeieilenden Kollegin zu: »Moni, lass alles stehen und liegen, die Polizei will jeden von uns sprechen, sofort!« Damit ließ sie Bente und Heike stehen und ging den Flur entlang Richtung Schwesternzimmer.

Flackners brummende Stimme war aus dem Zimmer zu vernehmen. Er streckte seinen Kopf aus der Tür und wies zum Bett. Bente folgte ihm zu der Leiche.

»Gibt es Kampfspuren?« Bente sah auf den Körper der Nonne. Sie wirkte friedlich, wäre da nicht das Messer, das aus der blutüberströmten Brust ragte.

»Keine Anzeichen für einen Kampf!«

»Was bedeuten könnte, dass sie ihren Mörder gekannt hat«, dachte Bente laut. »Seltsamer Griff«, murmelte sie und beugte sich über die Leiche, um das mattgraue Heft der Klinge näher zu betrachten. »Das ist kein Jagd- oder Küchenmesser. Sieht irgendwie anders aus.«

»Ja, ich sehe mir das näher an, wenn ich es bei der Obduktion herausziehe.« Bente vernahm den ungeduldigen Unterton in Flackners Stimme. Konnte es sein, dass er sich auf diese Arbeit freute? Unwillkürlich überlief sie ein Schaudern. »Hast du sonst noch etwas für mich?«

»Nein, wir bringen sie jetzt runter in die Pathologie, ich melde mich!«

Bente nickte und hörte Heike im Flur mit dem Personal sprechen. Sie verließ das Zimmer und wandte sich an Schwester Andrea, die mit zwei weiteren Schwestern und einem Pfleger wartete. »Wenn Sie uns bitte einen Raum zur Verfügung stellen? Es ist sicher nicht in Ihrem Interesse, die Befragung hier auf dem Flur vorzunehmen, oder?«, bemerkte Bente und erhielt statt einer Antwort lediglich einen abfälligen Blick. Immerhin ging diese sperrige Frau zu einem Raum neben dem Stationstresen und öffnete die Tür. Bente und Heike betraten die Personalküche und Schwester Andrea schloss mit einem lauten Knall die Tür von außen.

»Was stimmt nicht mit der?«, brummte Heike kopfschüttelnd. »Ist schließlich nicht die Intensivstation, die sie leitet!«

»Stimmt, ihr Verhalten ist unangemessen, aber lass uns anfangen, damit die Patienten so schnell wie möglich ihr Frühstück bekommen!« Bente setzte sich an den Tisch und bedeutete Heike mit einem Nicken, die Tür zu öffnen. Noch bevor sie einen Namen von der Liste aufrufen konnte, drängte sich ein junger Pfleger an ihr vorbei.

»Moin, ich habe gehört, die Nonne ist ermordet worden?«, grüßte er und ließ sich gegenüber von Bente auf einen Stuhl fallen.

Überrumpelt schloss Heike die Tür und wechselte einen verwunderten Blick mit Bente. Der Mann trug einen Dreitagebart und seine Augenringe verrieten die Übermüdung. Er war nicht älter als zwanzig.

»Sie sind?«

»Matze. Matze Klenk, ich mache hier mein FSJ.«

»Und Sie haben die Nonne gesehen?«

Er nickte und sah abwechselnd auf die beiden Kommissarinnen. »Ich arbeite eigentlich auf Station 1, ein Stockwerk tiefer.« Er zeigte mit dem Finger nach unten. Heike notierte sich, dass die Kameraaufzeichnungen von dieser Station vorrangig angesehen werden mussten.

»Was haben Sie beobachtet, Herr Klenk?«

»Matze reicht!«, bemerkte er achselzuckend.

»Gut, was haben Sie beobachtet, Matze?«

»Die Nonne ist gestern Abend auf dem Flur gewesen und hat nach jemandem gesucht!«

»Wann war das genau?«

»Kurz nach acht, vielleicht zehn nach, ich hatte schon Feierabend und bin noch mal zurück, weil ich mein Brot vergessen hatte. Die Kollegen von der Nachtschicht waren noch in der Küche. Als ich raus bin, ist sie mir aufgefallen.«

»Weshalb?«, fragte Bente.

»Weil sie eine Nonne war?«

»Sorry, war sonst noch etwas auffällig an ihr?«

»Ja, sie hat die Türschilder vor den Zimmern studiert. Es war ganz offensichtlich, dass sie nach jemanden suchte.«

»Wissen Sie, nach wem?«

Er schüttelte den Kopf. »Keine Ahnung ich habe gefragt, ob ich ihr helfen kann.« Matze Klenk atmete hörbar aus. »Hab ja nicht ahnen können, dass sie in Gefahr war!«, flüsterte er entschuldigend.

»Was hat sie Ihnen geantwortet?«, hakte Bente nach.

»So´n wirres Zeugs, irgendwas mit zwanzig Jahre zu spät oder so, war im Nachhinein echt spooky!«

Heike hob die Augenbrauen. »Zwanzig Jahre zu spät?«

»Ja, sie hat zwar geflüstert, aber ich konnte es deutlich hören!«

»Und was genau meinen Sie mit spooky?«, fragte Bente.

»Na, wie soll ich das beschreiben?«, überlegte er und plötzlich hellte sich sein Gesicht auf. »Wie in so einem schlechten Horrorfilm, als ob sie besessen war!« Er verstellte die Stimme und flüsterte mit starrem Blick: »Dafür kommen Sie zwanzig Jahre zu spät!« Dann sah er Bente beifallheischend in die Augen. »So hat es sich angehört, aber irgendwie auf Berlinerisch, das kann ich nicht nachmachen.«

»Danke, Matze, jetzt kann ich mir das vorstellen. Hat sie sonst noch etwas gesagt?«

Er schüttelte den Kopf und schien ehrlich bekümmert. »Ist das erste Mordopfer, das ich kenne. Schon komisch!«

»Gut, das war´s vorerst. Sollte Ihnen noch etwas einfallen, rufen Sie mich bitte an«, verabschiedete Bente ihn und schob eine Visitenkarte über den Tisch.

Als Heike die nächste auf der Liste hereinbat, drehte Matze Klenk sich noch einmal in der Tür um. »Sie hatte geweint!«

»Als Sie mit ihr gesprochen haben?«, fragte Bente.

»Nein, da nicht, aber ihre Augen waren total gerötet, als ob sie viel geweint hatte.«

Kapitel 5

Wir drehen mit drei Teams!« Jochen Pahlmanns Stimme beendete das Gemurmel im Tagungsraum des Hotels.

Lediglich die Redakteure und die Mitarbeiter der Regie- und Aufnahmeleitung hatten im altehrwürdigen *Miramar* eingecheckt. Der Rest der Crew war auf dem Festland in Niebüll untergebracht. Sie waren morgens mit dem Zug auf die Insel gekommen und rechtzeitig zum Meeting im Hotel an der Strandpromenade eingetroffen.

Die Redaktion der Sendung hatte in einer Vorauswahl während der letzten Wochen sorgfältig die Anbieter, Kandidaten und Antiquitäten sondiert. Natürlich waren die Stücke im Vorwege begutachtet worden, damit die Experten bei den Aufnahmen etwas Interessantes zu erzählen hatten.

Die Sendung würde vor Publikum in der Musikmuschel auf der Promenade gedreht werden. Die Aufnahmewagen des ZDFs waren bereits vor Ort und die Techniker steckten in den Vorbereitungen. Das berühmte Amphitheater an der Nordsee bot für die Zuschauer einen atmenberaubenden

Blick über die Nordsee. Zahlreiche Schaulustige verfolgten die Aufbauarbeiten und ließen sich auf den Bänken nieder.

»Wir drehen zuerst das Diadem, dann das Gemälde und danach die antike Standuhr. Zum Schluss kommt das Highlight, dieses Vorkriegsmotorrad! Ist der Eigentümer eingetroffen?«, wandte Pahlmann sich an seine Assistentin.

»Ja, Herr Rauscher ist seit gestern auf der Insel. Er wartet auf unser Go«, nickte sie beflissen.

»Gut!«, lobte er, woraufhin ein erleichtertes Aufatmen den Raum erfüllte. »Er soll mit der Maschine direkt zur Muschel fahren! Da will ich mehrere Kameraeinstellungen haben!«

»Wird gemacht, die Durchfahrtsgenehmigung für die Friedrichstraße ist beantragt«, meldete sich ein Redakteur zu Wort.

»Beantragt interessiert nicht! Ich will hören, dass sie erteilt ist, und zwar umgehend! Euch ist doch wohl klar, dass wir dieses Motorrad nicht auf einem Anhänger filmen können! Falls jemand das noch nicht verstanden hat: wir sind hier beim Fernsehen, das bedeutet bewegte Bilder! Kümmert euch gefälligst!«, rief Pahlmann gereizt. Mit hochrotem Kopf wandte er sich an seine Assistentin: »Welches Team ist für das Motorrad abgestellt?«

»Maries«, antwortete sie und eine junge Redakteurin hob den Arm.

»Also, Marie! Ich erwarte erstklassige Aufnahmen vor Nordseekulisse und dazu eine gute Hintergrundstory! Kriegst du das hin?«, rief er quer durch den Raum. Alle Köpfe duckten sich. Seine Wutausbrüche waren jedem Teammitglied bekannt und es war ratsam, sich aus der Schusslinie zu bringen.

Marie straffte die Schultern und antwortete mit fester Stimme: »Wir sind am Start und bereit, anzufangen, sobald er wieder da ist.«

»Wieder da ist?« Seine Stimme überschlug sich. Er schluckte trocken und schrie: »Von wo wieder da?«

»Von einer Hochzeitsfahrt hier auf der Insel. Rauscher fährt das Brautpaar von der Kirche zum Hotel, wo die Feier stattfindet.«

Verblüfft schüttelte Pahlmann den Kopf. »Auf dem Motorrad?«

»Matthias Rauscher macht das ganze Sommerhalbjahr Hochzeitsfahrten mit seiner Maschine. Er hat gesagt, das Wetter spiele mit und die Strecke sei kurz, da wolle er die Gelegenheit nutzen«, rechtfertigte Marie sich. »Das Motorrad ist ein absolutes Unikat. Es hat einen zweisitzigen Beiwagen und Rescher trägt Motorradklamotten aus den zwanziger Jahren des vorigen Jahrhunderts, von den Stiefeln bis zum Helm alles Originale! Das ist ne echte Show und gibt tolle Hochzeitsfotos.«

»Diesem Österreicher brennt doch der Helm!«, fluchte Pahlmann lautstark. »Wir haben ihn hergeholt, um exklusive Aufnahmen für die Sendung zu bekommen und er geht auf Hochzeitsfahrt mit Fotosafari!«

Marie hob entschuldigend die Schultern. »Er war nicht davon abzubringen und wird um halb zwölf am Treffpunkt in der Friedrichstraße sein.«

Pahlmann bahnte sich einen Weg durch die Stuhlreihen und baute sich direkt vor ihr auf. »Nicht davon abzubringen? Wozu machen wir Verträge?« Er überragte die junge Frau um Haupteslänge.

»So einen Fall hatten wir noch nicht. Es gibt keine Klausel im Vertrag, die diese Fahrt verbietet«, erklärte sie kleinlaut.

Pahlmanns Stimme war kalt und herablassend. »Und natürlich ist niemand von euch auf die Idee gekommen, diese Hochzeit mitzufilmen?«

»Doch, aber aus datenschutzrechtlichen Gründen haben wir diese Idee verworfen«, flüsterte Marie betreten.

»Datenschutz!« Pahlmann spuckte das Wort aus, als wäre es vergiftet. »Wenn ihr das richtig anpackt, lädt das Brautpaar euch sogar ein, die ganze Trauung zu filmen! Wo findet die Hochzeit statt?«

»In Keitum in der St. Severin Kirche. Das ist wohl das älteste Sakralgebäude Schleswig-Holsteins.«

»Ich weiß! Worauf wartet ihr noch? Wenn man nicht alles selber macht ..., ich will diese Hochzeitsfahrt im Kasten haben und dann soll er direkt von der Kirche hierher auf die Promenade fahren!« Er klatschte, begeistert von seiner eigenen Idee, in die Hände. »Und wenn das Brautpaar uns die Show stiehlt, dann schneiden wir Bilder von Horst im Beiwagen rein! Er wird die letzten hundert Meter im Beiwagen sitzen und direkt vor der Musikmuschel aussteigen!«

»Dann brauchen wir eine zusätzliche Maske am Set!«, meldete sich eine Mitarbeiterin.

»Es wird doch wohl nicht daran scheitern, dass wir niemanden haben, der das Make-Up von Horst auffrischt, oder?«

»Ich kümmere mich darum!«, antwortete die Frau und tippte eine Nachricht in ihr Handy.

»Okay, wie sieht es mit den Experten aus? Ist die Kulisse aufgebaut?« Pahlmann sah in die Runde.

Einer der Techniker erhob sich und berichtete: »Wir haben die Tische in der Muschel im Halbrund aufgestellt. Da pfeift der Wind nicht in die Mikros. Der Umbau für die Händler ist für 14 Uhr geplant. Die Bühnenbilder sind auf Rollen montiert, das geht schnell!«

Pahlmann nickte zufrieden und rief enthusiastisch: »Dann los jetzt, alle an die Arbeit! Ich will eine außerordentlich gute Sendung, verstanden?«

Kapitel 6

Pastor Behrend schaute prüfend zum Himmel. Wenige Schäfchenwolken schwebten in dem strahlenden Blau und die Sonne sandte ihre wärmenden Strahlen in sein Gesicht. Es war der perfekte Tag für zwei Menschen, die den heiligen Bund der Ehe eingehen wollten. Das Brautpaar würde in einem Motorrad mit Beiwagen von der Kirche zur Feier fahren. Das war ungewöhnlich, aber auch Gottes Wege waren manchmal ungewöhnlich, das hatte er im Laufe der Jahre erfahren.

Er ließ seinen Blick über die verblühten Rapsfelder schweifen und seufzte ehrerbietig, als seine Augen die Kirche erreichten. Seine Kirche. Ein stummes Dankgebet murmelnd, drängte er den sündhaften Stolz zurück, konnte aber ein zufriedenes Lächeln nicht unterdrücken. Untersuchungen des Gebälks vom Kirchenschiff hatten ergeben, dass der Dachstuhl im Jahr 1216 errichtet wurde. Demnach handelte es sich bei St. Severin zu Keitum um den ältesten Sakralbau in Schleswig-Holstein. Natürlich würde Pastor Jasper Behrend diese Besonderheit auch in dem heutigen Gottesdienst erwähnen, wenngleich ihm bewusst war, dass die hohe

Nachfrage nach einem Trauungstermin insbesondere dem Ruf von Sylt zu verdanken war. Eine Vermählung auf der Insel der Reichen und Schönen suggerierte sowohl bei dem Brautpaar als auch bei dessen Gästen eine Zugehörigkeit zur Oberschicht.

Sein Blick wanderte den trutzigen, backsteingotischen Turm hinauf. Dort oben hingen die drei Glocken, die in Fis, Gis und H erklangen. Er war nicht nur Pastor, sondern auch Organist und wusste um die speziellen Obertöne, die das schöne Geläut hervorbrachte. Sein geschultes Gehör erfreute sich besonders an den Sinustönen, die für einzigartige Klangkombinationen sorgten. Mit geschlossenen Augen rief Pastor Behrend sich das Glockengeläut in Erinnerung und wiegte sanft im Takt der Schläge hin und her.

Aus einer Eingebung heraus betrat er den Turm. Mit einer Hand strich er über die feuchte Backsteinwand. An der Ostseite führte eine doppelflügelige Glastür durch den Rundbogen in das Kirchenschiff. Seine Finger umschlossen die blankpolierten, hölzernen Türgriffe in Form eines Pottwals.

Pastor Behrend erinnerte sich an seine Ankunft in St. Severin. Damals hatte er diese Griffe bewundert und sich gefragt, weshalb es ausgerechnet Pottwale waren, die dem Schnitzer als Vorlage gedient hatten. In der Nordsee vor Sylt war die Sichtung eines Pottwals äußerst selten und er hatte bis heute keine Antwort auf diese Frage gefunden.

Ein eisiger Schauer überlief ihn und er sah sich um. Als aufgeklärter, moderner Mensch glaubte er nicht an den Fluch, der auf seiner Kirche lasten sollte. Aber in diesem Moment spürte er eine diffuse Bedrohung, ausgehend vom Glockenturm. Unwirsch lachte er laut über sich selbst und schüttelte den Kopf. Über die Geschichte von St. Severin hatte er sich schon vor seinem Antritt dieser Dienststelle umfassend informiert. Wie bei allen großen Bauwerken des Mittelalters hatte es auch hier einige Todesopfer gegeben.

Fromm schickte er ein Stoßgebet für diese Menschen gen Himmel. Dann schlang er die Arme um den Oberkörper und versuchte, sich zu wärmen. Die Kälte, die aus seinem Inneren zu kommen schien, blieb.

»Unsinn!«, schalt er sich selbst, lauschte aber angestrengt, bis das Heulen des Windes im Gebälk ganz deutlich zu hören war. Das Knarzen der mächtigen Balken, die die siebenhundert Kilo der alten gis'-Glocke hielten, schien aus seinen Knochen zu kommen.

Tote beklage ich, Lebende mahne ich, Gott, den Herrn, lobe ich.

Pastor Behrend flüsterte die Inschrift der Glocke in die Stille und wischte die Gedanken an die alten Schauergeschichten beiseite. In diesem Moment hallte das Echo eines Geräusches in dem Turm nach und ließ ihn erstarren. Er trat einige Schritte zurück und lehnte seinen Rücken an das feuchte Mauerwerk. Die Nässe drang durch den Talar auf seine Haut. Er spürte den Zorn Gottes um sich herum wüten. Welches unglückliche Geheimnis bargen diese drei Glocken?

»Nein!«, hörte er sich selbst rufen und erschrak über die Panik in seiner Stimme. Er war zutiefst gläubig. Für ihn war die Existenz Gottes und seines Widersachers, den Teufel, unumstößliche Realität. Und ein Fluch bedeutete nichts anderes als eine Anklage Gottes! Flehend sprach er das Glaubensbekenntnis: »Ich glaube an Gott, den Vater, den Allmächtigen, Schöpfer des Himmels und der Erde ...«

Plötzlich hörte er das tiefe Gis der alten Glocke. Schweiß rann über seinen Körper und er fuhr wimmernd fort: »Und an Jesus Christus, seinen eingeborenen Sohn, unseren Herrn, empfangen von ...« Es kam kein weiterer Klang. Allein wirkte das Gis nicht sakral, sondern bedrohlich. Voller böser Vorahnung sank er auf die Knie und betete weiter: »Geboren von der Jungfrau Maria, gelitten unter Pontius Pilatus, gekreuzigt, gestorben ...«

Dann hörte er einen Schuss.

Kapitel 7

Wer konnte denn ahnen, dass ihr Gewissen sich nach all den Jahren melden würde. Es mutete wie ein schlechter Scherz an, dass sie in der Ordenstracht im Krankenhaus aufgetaucht war.

Der erste Gedanke war gewesen, dass sie gebeichtet hatte. Von einem Geständnis hatte sie gesprochen, von einem Brief, den sie dem Pastor übergeben hatte. Natürlich war sie sicher gewesen, dass ihr Plan ungefährlich war. Dieser Brief im Besitz des Pastors sollte ihre Lebensversicherung sein! Aber hatte sie ernsthaft geglaubt, sie könne mit christlicher Nächstenliebe die Tat ungeschehen machen? Wozu ein Geständnis, wenn der Fall längst abgeschlossen war?

Ihr Tod war bereits nach ihren ersten Worten unvermeidlich gewesen. Alles andere hatte sich ergeben.

Auch wenn sie den Namen der Kirche verschwiegen hatte, kam nur St. Severin in Frage.

Keitum war nicht weit und die Zeit drängte. Auf keinen Fall durfte dieser Brief geöffnet werden und in die falschen Hände geraten!

Die Erinnerungen an damals schwappten wie die unaufhaltsamen Wellen der Flut heran. St. Severin war ein todbringender Ort und nun würde es ein weiteres Opfer geben.

Kapitel 8

Das kräftige Blau des Sommerhimmels setzte sich an der Horizontlinie von der dunklen Nordsee ab. Ein Schwarm Möwen schraubte sich gekonnt mit der Thermik in die Höhe, um sich dann pfeilschnell auf die Krebse im Watt zu stürzen.

Bente ließ Ulrike über den Strand jagen. Sie hatte sich entschlossen, den Weg vom Krankenhaus zum Büro in der Stephanstraße zu gehen. Ulrike benötigte den Auslauf und sie selbst die Nähe zum Wasser, um einen klaren Kopf zu bekommen.

Neben dem Mord an der Nonne, der sie natürlich beschäftigte, kreisten ihre Gedanken um ihre Beziehung zu Erik. Sie hatten sich letztes Weihnachten wieder angenähert, das war fast ein halbes Jahr her. Die vergangenen Monate hatten sie einander näher gebracht. Erik war der einzige Mensch, der keine Erwartungen an sie stellte. In seiner Gesellschaft hatte sie nie das Gefühl, sich verstellen zu müssen. Bei ihm konnte sie einfach so sein, wie sie war. Sie genoss die Zeit mit ihm, bestand aber weiterhin darauf, nicht miteinander aufzuwachen. Anfangs hatte sie Ulrike als Grund vorgeschoben, aber sie wusste, dass Erik keine Erklärung von ihr verlangte. Gerade das liebte sie an ihm.

Nachdenklich sah sie auf das Meer. Mit der Zeit übten die Insel, die Weite der Strände und der endlose Horizont eine therapeutische Wirkung auf sie aus.

Bente hatte ihre Zurückhaltung über Bord geworfen und einen großen Sprung über den Schatten der Vergangenheit gemacht, um sich und Erik eine Chance zu geben.

In der Ferne erkannte sie auf der Promenade eine Ansammlung von Menschen und Fahrzeugen. Sie erinnerte sich an Heikes Bericht über die Fernsehsendung. Es würde eine Open-Air-Aufzeichnung an der Sylter Musikmuschel geben. Sie hatte keine Ahnung von den Vorbereitungen, die angesichts einer Fernsehshow getroffen werden mussten, aber als sie näher herankam, staunte sie über die unzähligen Mitarbeiter hinter der Absperrung.

Sie dachte an die ermordete Nonne. Abgesehen von dem Patienten mit dem Bademantel hatte die Feststellung ihrer Identität oberste Priorität! Laut Aussage des Pflegers Matze Klenk war sie gegen 20 Uhr in die Nordseeklinik gekommen. Ermordet wurde sie nach Flackners Einschätzung zwischen 2 Uhr und 4 Uhr nachts. Wo war sie in der Zwischenzeit gewesen?

Bente hoffte, dass die Videoüberwachung darüber Aufschluss geben würde, wen sie in der Klinik gesucht oder gesprochen hatte.

Sie überquerte die Promenade Höhe Brandenburgerstraße und erreichte fünf Minuten später den Containerbau der Polizei. Die Baumaßnahmen an dem denkmalgeschützten Gebäude im Kirchenweg dauerten bereits mehrere Jahre, und die benötigte Summe wurde immer wieder nach oben korrigiert. Es erinnerte an die Elbphilharmonie und den Berliner Flughafen, wenngleich es bei dieser Bausanierung lediglich um zwölf Millionen ging.

Bente freute sich zwar, irgendwann in die neue Polizeiwache umzuziehen und in einem modernen Gebäude zu arbeiten, aber andererseits wusste sie, dass der Topf für die dringend benötigte Ausrüstung der Beamten leer war. Es fehlten nicht nur Schutzwesten, Helme und für jeden eine weitere Uniform, sondern auch höhenverstellbare Schreibtische und rückenschonende Schreibtischstühle. Bente empfand diesen Zustand als fehlende Wertschätzung gegenüber der Beamten und hatte dies in einer Beschwerde an das LKA schriftlich formuliert. Bisher war keine Reaktion von Kiel gekommen. Bei dem Gedanken an ihre eigene Schutzweste lächelte sie. Anka hatte sie ihr vor vier Jahren zu Weihnachten geschenkt und dafür einen Monatslohn ihres Studentenjobs ausgegeben! Sosehr Bente sich darüber freute, so beschämend war der Umstand, dass die Polizei kein Geld für dünnere, sicherere Westen hatte!

Sie nahm sich vor, am Abend bei Anka in Hamburg anzurufen. Der Kontakt zwischen ihnen war zwar nicht häufiger geworden, aber entspannter und manchmal sogar liebevoll.

Mit Betreten der Dienststelle sauste Ulrike sofort schwanzwedelnd auf Hansen zu, der prompt eine ungewürzte Frikadelle aus der Tasche zog.

»Das ist Liebe! Moin, zusammen«, schmunzelte Bente. Er und Ulrike hatten sich gefunden. Im vergangenen Jahr hatte sie drei Wochen im Krankenhaus gelegen und Ulrike war zu Hansen und seiner Frau gezogen. Deswegen stand er bei Bente hoch im Kurs, auch wenn sie nach wie vor ein Problem damit hatte, dass er in die Dienststelle hereinplatzte, als würde er sie noch leiten. Aber seit sie ihn vor einem halben Jahr bei den kleinen Krebspatienten auf der Kinderstation, als Weihnachtsmann verkleidet, erlebt hatte, empfand sie eine Achtung vor ihm, die sie beide Augen zudrücken ließ. Letzten Endes war Hansens kriminalistischer Spürsinn nicht automatisch mit dem Renteneintritt erloschen und er hatte ihr mehr als einmal geholfen.

Plötzlich stutzte Bente. »Alles klar, Hansen? Irgendwas gebrochen oder nur Alterserscheinungen?«, frotzelte sie und zeigte auf seinen angewinkelten Arm in der Schlinge.

»Wieso Alterserscheinungen?«, brummte er. »Der andere Arm ist genauso alt und tut nicht weh!« Er hielt den gesunden Arm hoch und Ulrike folgte mit ihrem Kopf seiner Bewegung.

Einhändig hantierte er an der Thermoskanne herum, bis Heike sich erbarmte. »Soll ich dir einen Kaffee einschenken?«

Er nickte dankbar.

»Nun sag schon, Hansen, was ist passiert?«, fragte Klemme von seinem Schreibtisch aus.

Grollend erklärte er: »Hilde benutzt jetzt Badeöl und als ich aus der Wanne steigen wollte, bin ich ausgerutscht.«

Auf die kurze Stille folgte prustendes Gelächter.

»Keine Bilder!«, keuchte Heike atemlos und hielt sich den Bauch, während Klemme und Timme sich auf die Schenkel klopften.

»Ha, ha!«, kommentierte Hansen die Reaktion trocken. »Habt ihr nicht einen Mord aufzuklären?«

»Das wäre eigentlich mein Satz gewesen, Hansen!«, bemerkte Bente pikiert. Genau das war es, was ihr immer wieder sauer aufstieß. Sie war die Chefin hier, und auch wenn er ihr den Posten nicht streitig machte, hatte sie das Bedürfnis, sich zu beweisen. Vor ihm. Klar, das war allein ihr Problem, aber das machte es nicht leichter!

»Ich habe die Überwachungsaufnahmen der Klinik bekommen«, meldete sich Timme zu Wort. »Lediglich die Flure auf den Stationen und der Eingangsbereich sind videoüberwacht. Treppenhaus, Fahrstühle und die Zimmer leider nicht.«

»Und? Hast du was gefunden?«

»Ich habe die Aufnahme rausgesucht, wo der Patient in Kapuzenbademantel die Nonne auf dem Bett in das Zimmer schiebt. Da war es 1:31 Uhr.« Timme ließ das Bild mit verringerter Geschwindigkeit laufen. »Das Gesicht ist nicht zu erkennen. Statur und Größe lassen auf einen Mann schließen. In dem Bett befindet sich eine Person, aber die Decke ist über den Kopf gezogen, sodass die Nonnentracht nicht sichtbar ist. Der Mann mit dem Bademantel kommt acht Minuten nach Betreten, also um 1:39 Uhr, aus dem Zimmer. Wieder, oder immer noch, mit ins Gesicht gezogener Kapuze, also keine Identifikation möglich«, seufzte er.

»Woher ist er gekommen?«

»Aus dem Fahrstuhl. Davor gibt es leider keine Aufnahme, auf der der Mann oder das Bett zu sehen ist.« Timme zuckte mit den Schultern. »Weder in der Ambulanz noch im Wartebereich der Anmeldung gibt es Kameras, aber ich habe mit den zuständigen Abteilungen telefoniert und niemand hat etwas bemerkt.«

»Shit, mitten in der Nacht müsste so ein Krankenbett doch in der Klinik auffallen!«, stöhnte Heike.

»Nee, gerade nachts ist es dort wie ausgestorben, davon konnte ich mich selbst überzeugen!«, schüttelte Bente den Kopf.

»Der Mann im Bademantel verschwindet wieder im Fahrstuhl und taucht auf keiner Anschlussaufnahme auf«, erklärte Timme.

»Haben wir bei der Nonne mehr Glück?«

»Eine Aufnahme vom Parkplatz zeigt, dass sie um 19:54 Uhr ein Fahrrad neben dem Haupteingang an den Fahrradständer anschließt.« Timme zeigte auf den Bildschirm.

»Ist irgendwie klassisch, dass eine Nonne mit dem Fahrrad kommt, oder?«, bemerkte Hansen.

»Wir haben erhebliche Zweifel an der Echtheit der Nonne. Ihre Haare sind gefärbt, Lippen und Augenbrauen gelasert und auf dem Arm ist eine Tätowierung«, sagte Heike.

»Auch Nonnen werden nicht als solche geboren und haben ein Leben vor dem Ablegen ihres Gelübdes«, brummte Hansen. »Ich wüsste nicht, dass in einem unserer Kirchenhäuser Ordensschwestern wohnen.«

»Beim Thema Vergangenheit können wir nur auf Fingerabdrücke im System hoffen, sie hatte keine Papiere bei sich. Klemme, kümmere dich um das Fahrrad, vielleicht ist es gemietet! Was hast du noch, Timme?«

»Hier ist sie auf Station 1 und liest an jeder Tür die Namensschilder.«

Auf den Aufnahmen sah Bente die Begegnung mit dem Pfleger Matze Klenk. Die Bilder stimmten mit seiner Aussage überein. »Er sagte, sie hatte rotgeweinte Augen«, kommentierte sie die Szene.

»Hier! Sie bleibt vor diesem Zimmer stehen und zögert kurz, bevor sie eintritt, da ist es 20:16 Uhr!« Timme hielt die Aufnahme an.

»Welches Zimmer ist das? Wir fahren sofort zurück zur Klinik! Schick mir die Aufnahme aufs Handy und fragt in allen Hotels und Pensionen, ob eine Nonne eingecheckt hat!«, wandte Bente sich an Klemme und Timme, während sie zur Tür eilte, wo Heike bereits wartete.

»Und ich?«, meldete sich Hansen.

»Du siehst zu, dass du nicht auch noch in der Dusche oder auf der Treppe ausrutschst!« Wann begriff der alte Sturkopf endlich, dass sie ihn nicht bei ihren Ermittlungen einsetzen durfte?

»Dafür werde ich beten!«

Bente verharrte in der Bewegung. »Du wirst nicht die Kirchen nach der Nonne absuchen, Hansen!«, mahnte sie ernst.

»Ich war schon lange nicht mehr in der Kirche, ein Besuch wäre jetzt genau das Richtige für mich«, grinste er.

»Ach?« Bente hob die Augenbrauen. »Darfst du überhaupt Auto fahren?«

»Automatik!«

In diesem Moment kam Erik ins Büro. »Moin, zusammen!«

Sofort straffte Bente den Rücken und nickte ihm stumm zu, während die anderen seinen Gruß erwiderten und sich in die Arbeit stürzten.

Heike stöhnte lautlos auf. Jeder der Kollegen wusste von der Beziehung der beiden, aber es war ein ungeschriebenes Gesetz, kein Wort darüber zu verlieren.

»Ich bin im Dienst!«, erklärte Bente kühl.

»Das trifft sich gut«, grinste Erik entwaffnend. »Ich auch!« Mit diesen Worten reichte er ihr einen Zettel.

»Marco Giersch?«, las sie von dem Zettel ab.

»Er ist Patient in der Klinik und vermisst seit gestern Abend seinen Bademantel!«

Bente sah Heike an. »Wir übernehmen das! Ganz offensichtlich hat unser Mörder die Tat zumindest soweit geplant, dass er einen Bademantel entwendet hat, um sich zu tarnen.«

»Und was hast du gemacht?«, wandte Erik sich an Hansen und wies mit dem Kopf auf die Armschlinge.

»Er ist in der Badewanne ausgerutscht«, platzte Heike kichernd heraus. »Wegen Badeöl!«

»Vielen Dank auch!«, brummte Hansen, bedachte den grinsenden Erik mit einem bösen Blick und verließ das Büro.

Bente war kurz versucht, ihn aufzuhalten und erneut zu ermahnen, sich nicht in die Ermittlungen einzumischen, entschied sich aber dagegen. Was der alte Sturkopf in seiner Freizeit machte, ging sie nichts an.

»Wartet!«, rief Timme von seinem Schreibtisch aus und verschränkte zufrieden die Hände hinter dem Kopf.

»Was ist?«

»Die Nonne ist elf Minuten nach Betreten des Zimmers wieder auf den Flur gekommen, also um 20:27 Uhr, hier seht ihr es.« Er deutete auf seinen Bildschirm. »Nach ihr kommt die nächsten Stunden keine weitere Person aus dem Zimmer. Ich habe die Aufnahme im Schnelldurchlauf abgespielt.«

»Offenbar war der oder die Gesuchte nicht da«, murmelte Heike.

»Um das festzustellen, braucht es keine elf Minuten, oder?«, wunderte sich Timme. »Vielleicht hat sie gar nicht nach jemandem gesucht, sondern…«

»Nach etwas!«, vervollständigte Heike seinen Satz.

»Hat sie irgendetwas in der Hand, als sie aus dem Zimmer kommt?«, fragte Bente.

Timme zog den Cursor über den Bildschirm, sodass beide Hände in Großaufnahme zu sehen waren. »Nein, nichts.«

Dann schwenkte er über den Habit der Nonne. »Und unter der Tracht versteckt sich auf jeden Fall kein sperriger Gegenstand, aber mehr lässt sich nicht erkennen.«

»Wohin ist sie von dort gegangen?«

Timme ließ die Aufnahme in Zeitlupe weiterlaufen. Sie sahen die Nonne mit gesenktem Kopf zu den Fahrstühlen gehen, die Taste drücken und schließlich in einem verschwinden.

»Sie ist auf keiner der anderen Stationen ausgestiegen, im Erdgeschoss und Keller gibt es keine Kameras, aber dorthin muss sie gefahren sein«, seufzte Timme.

»Wir checken das Zimmer und kümmern uns um den gestohlenen Bademantel«, sagte Bente und pfiff nach Ulrike, die unter dem Schreibtisch hervorschoss. »Heike, Abfahrt!«

Als Bente in die Norderstrasse Richtung Klinik einbog, hatte sie ihre Gedanken sortiert. »Ich denke, wir finden den Täter oder die Täterin im Krankenhaus!«

Heike nickte. »Ja, es sieht so aus, als würde er oder sie sich mit dem Überwachungssystem der Klinik bestens auskennen!«

Kapitel 9

Mit ungläubig aufgerissenen Augen und angehaltenem Atem wartete Pastor Behrend auf den Schmerz. Schließlich entwich mit einem Aufstöhnen die Luft aus seiner Lunge und er tastete Kopf, Arme und Beine nach einer Verwundung ab. Erst als ein weiter Knall ertönte, lachte er erleichtert auf und schalt sich einen Dummkopf. Natürlich! Es handelte sich um Fehlzündungen eines Motors! Offenbar fuhr das Oldtimermotorrad den Weg zur Kirche hoch.

Kopfschüttelnd stieg er die Stufen vom Turm hinunter. Die alten Geschichten hatten seiner Phantasie einen Streich gespielt. So entstanden Schauermärchen und Aberglaube! Er strich den Talar glatt und trocknete sein kahlköpfiges Haupt mit einem Taschentuch. Eine Trauung erwartete ihn. Zwei Menschen in den heiligen Bund der Ehe zu führen, gehörte, neben der Taufe eines Kindes, zu den schönsten Aufgaben seines Standes.

Als er in die kleine Sakristei eilte, vernahm er ein Schluchzen aus dem Altarraum und erblickte im nächsten Moment die Pfarramtssekretärin Hanne Bress.

»Ich kann es nicht glauben! Wie schrecklich!«, schluchzte sie verzweifelt. »Im Krankenhaus ist eine Nonne ermordet worden! Das kann nur Schwester Benedicta sein, oder?«

»Im Krankenhaus ermordet?«, rief Behrend bestürzt. Ihn schauderte. Daher die dunkle Vorahnung!

»Sie ist tot«, wimmerte Hanne Bress. »Gestern war sie noch hier und jetzt ist sie tot!«

Binnen einer Sekunde kehrte das Gefühl aus dem Turm zurück. Pastor Behrend versuchte, die aufsteigende Panik zu kontrollieren, aber seine Gedanken flatterten wie ein Schwarm Kolibris in seinem Kopf. Was hatte das zu bedeuten? Schwester Benedicta hatte ihn am Vortag in der Kirche aufgesucht. Mit starkem Berliner Akzent hatte sie von Buße und Vergebung gesprochen, von einer Sünde, die weit zurücklag, und derentwegen sie jetzt nach Sylt gereist war, um Abbitte zu leisten. Sie war in sich gekehrt gewesen und er hatte sie nicht zum Reden gedrängt. Es war ihm allerdings aufgefallen, dass sie eine Zeitlang draußen vor dem Turm gestanden und gebetet hatte, bevor sie zu ihm in die Kirche gekommen war. Dort hatten sie einträchtig nebeneinander vor dem Altar gekniet und gemeinsam das Vaterunser gebetet. Auf seinen fragenden Blick hatte sie freimütig Auskunft gegeben: »Ich bin erst vor Kurzem dem Johanniterorden beigetreten.« Er hatte sich entschuldigt, ihr kein Gastzimmer anbieten zu können, aber sie hatte abgewinkt. »Mein Aufenthalt ist nur kurz, in zwei Tagen werde ich ins Kloster zurückkehren und bis dahin habe ich ein Zimmer in einer kleinen Pension genommen.«

Ihm war ihre innere Anspannung aufgefallen und als er die mühsam unterdrückten Tränen bemerkt hatte, war er sich sicher gewesen, dass sie eine Beichte ablegen würde. Aber stattdessen hatte sie ihm einen Brief überreicht, und als er sie fragend angesehen hatte, waren es nur ein paar stockende Worte gewesen, die sie hervorgebracht hatte: »Sie werden wissen, wann und ob sie ihn lesen sollen.«

War Schwester Benedicta bedroht worden? Hatte sie um ihr Leben gefürchtet und ihm deswegen diesen Brief überreicht? Ihr Tod konnte kein Zufall sein! Welches Geheimnis enthielt dieser Brief?

»Gott sei ihrer Seele gnädig«, murmelte er und bekreuzigte sich. Hanne Bress tat es ihm gleich und sah ihn dann ernst an. »Die Hochzeitsgesellschaft wartet draußen!«

»Ja, wir werden nach der Trauung ein Gebet für Schwester Benedicta sprechen, ich bin sofort zurück. Sie können die Gäste und den Bräutigam hereinbitten.« Damit stieg er die drei Stufen vom Altarraum und öffnete die Tür zu der kleinen Sakristei.

Er dachte an den Brief, den er in dem winzigen Geheimfach im Sockel des Holzkreuzes verwahrt hatte. Vor Jahren war dieses kleine Fach aufgesprungen, als er einen vermeintlichen Kratzer im Kreuz wegpolieren wollte. Nie hatte er geglaubt, es einmal benutzen zu müssen. Die alte Holztür fiel hinter ihm zu und plötzlich wurde ihm die Tragweite des Unglücks bewusst. Wenn Schwester Benedicta wegen dieses Briefes gestorben war, dann befand auch er sich in Gefahr! Er musste die Polizei verständigen und ihr den Brief übergeben! Während er mit sich haderte, ob er die Trauung verschieben sollte, nahmen seine Augen das Durcheinander in der Sakristei wahr. Der kleine Tisch, die Regale und auch der Eckschrank, der seinen Talar und einige Reliquien beherbergte, waren durchwühlt worden. Jemand war hier gewesen und hatte etwas gesucht! Pastor Behrend öffnete das

Geheimfach und stöhnte erleichtert auf. Der Brief steckte unversehrt darin.

Die spontane Erleichterung wich augenblicklich der nackten Angst. Hastig schob er den Brief unter seinen Talar und sah sich um. Wer auch immer seine Sakristei durchsucht hatte, würde diesen Brief in seinen Besitz bringen wollen!

Aus dem Kirchenschiff hörte er die Geräusche der sich in die Bänke setzenden Hochzeitsgesellschaft. Aber statt in den Altarraum zu treten, öffnete er mit zittrigen Fingern das Kuvert. Sollte das Geschriebene ihn zu sehr schrecken, würde er den Umschlag wieder zukleben und leugnen, etwas über den Inhalt zu wissen.

Er überflog die Zeilen und betete stumm für die Seele von Schwester Benedicta. Welche Last hatte auf ihrem Gewissen gelegen! Gottes Gnade war groß, aber sie war gestorben, bevor sie diese Schuld hatte sühnen können!

Das Knarzen der alten Holztür holte ihn in die Gegenwart zurück. Hanne Bress streckte ihren Kopf herein und bedeutete ihm, herauszukommen.

»Rufen Sie die Polizei!«, sagte er ernst.

Sie hob verwundert die Augenbrauen. »Die Polizei?«

»Ja, aber die Hochzeitsgesellschaft darf nichts davon mitbekommen. Das Brautpaar soll diesen besonderen Tag mit seinen Gästen feiern!«

»Was soll ich der Polizei denn sagen?«

»Stellen Sie keine Fragen, rufen Sie einfach die Polizei!« Obwohl er sich bemühte, entschlossen zu klingen, vernahm er das Zittern in seiner Stimme. Pastor Behrend kannte das Geheimnis von Schwester Benedicta. Er würde der Polizei den Brief aushändigen, aber keine weitere Person mit diesem Wissen in Gefahr bringen!

Er dachte an den Fluch, der auf dem Turm lag. Stellte Gott ihn auf die Probe? Er sandte ein Stoßgebet gen Himmel und die Liebe zum Herrn durchströmte ihn. Dies war seine Kirche und der Herr wachte über ihn!

Er atmete tief durch, straffte die Schultern und trat in den Altarraum. Augenblicklich verstummte das Gemurmel in den Bänken.

Sein Blick begegnete dem des aufgeregten Bräutigams. Behrend ging auf ihn zu, schüttelte ihm die Hand und legte die andere beruhigend auf seine Schulter. Milde lächelnd sah er zur Organistin auf der Empore. Sie wartete auf sein Zeichen, aber Braut und Brautvater waren noch nicht eingetroffen.

Pastor Behrend schritt langsam den Mittelgang entlang und kannte keines der Gesichter in der Kirche. Das war bei Hochzeiten nicht ungewöhnlich, da viele der Brautpaare, die sich in St. Severin trauen ließen, nicht von Sylt kamen.

Draußen auf dem Vorplatz traf er auf einige Gäste, die keinen Platz in der Kirche gefunden hatten. Neben dem Portal blitzte das Chrom des Motorrads mit dem Beiwagen wie die Kronleuchter in seiner Kirche. Der Brief wog tonnenschwer unter seinem Gewand und er trat zu dem jungen Mann neben dem Motorrad. Der Beiwagen war tatsächlich ein Zweisitzer und er bestaunte das rote Leder und die Patina. Der Fahrer trug eine alte Motorradbrille an einem Band um den Hals. Sein Outfit passte zu dem historischen Hintergrund des Gefährts.

»Sie sind der Fahrer?«

»Ja, Sie sind der Pfarrer?«

Pastor Behrend lächelte und nickte.

»Matthias Rescher«, stellte der Österreicher sich mit starkem Dialekt vor. »Würden Sie mir die Ehre eines Fotos erweisen?« Er wies mit einer einladenden Geste auf den Beiwagen.

»Das ehrt mich, aber die Hauptpersonen sind die Brautleute«, winkte Pastor Behrend bescheiden ab und begutachtete fasziniert den Beiwagen. Wie in Gottes Namen sollte die Braut mit ihrem Kleid darin Platz finden? Er hätte mit seinem Talar schon Schwierigkeiten, hineinzuklettern! Interessiert beugte er sich in den Fußraum, der sich nach vorn stärker verjüngte, als es von außen wirkte.

Rescher zückte sein Handy und reichte es einem Mann, der in der Nähe stand. »Würden Sie bitte ein Foto machen?«

Behrend raffte den Stoff seines Talars um die Hüfte und hob das rechte Bein. Das Kuvert fiel in den Fußraum. Schnell hob er es auf und nahm auf dem roten Sitz Platz.

»Warum so ernst, Herr Pfarrer?«, lachte Matthias Rescher und schwang sich auf den Bock. Als Pastor Behrend lächelnd den Kopf zur Kamera neigte, traf ihn ein eiskalter Blick. Stärker denn je spürte er die Anwesenheit des Bösen. Panisch kletterte er aus dem Beiwagen und eilte an der Kirche entlang zum Eingang des Turms.

Es war nur ein kurzer Blick gewesen, aber er hatte den Teufel erkannt! Im Laufen sah er über die Schulter und erschrak. Die Person folgte ihm! Jetzt wusste er, dass Schwester Benedicta Opfer des Satans geworden war und er sich ihm offenbart hatte. Seine Flucht verriet ihn als Mitwisser!

Wann würde die Polizei eintreffen?

Als er den Kirchturm betrat, hörte er ein Keuchen hinter sich, das ihn herumfahren ließ.

»Sie sind doch ...«

»Ja, bin ich! Geben Sie mir den Brief, Herr Pastor!«

Behrend schüttelte den Kopf. »Die Polizei müsste jeden Moment hier sein! Erleichtern Sie Ihr Gewissen vor Gott, dem Allm…«

»Halten Sie den Mund!«, wurde er unterbrochen. Eine Pistole war auf seinen Brustkorb gerichtet und lautlos betete er zu seinem Gott.

»Da hoch, zu den Glocken, schnell! Und keinen Laut! Sie wollen doch nicht, dass Unschuldige zu Schaden kommen, oder?«

Pastor Behrend seufzte ergeben und schüttelte den Kopf. Während er die Stufen zum Glockenraum emporstieg, dachte er an die dunkle Vorahnung, die ihn erst eine halbe Stunde zuvor heimgesucht hatte. Gott hatte ihn gewarnt, aber er war blind für seine Botschaft gewesen!

Die Hochzeitsgäste rutschten unruhig in den Bänken hin und her und der Bräutigam vertrat sich die Beine im Altarraum. Die Braut wartete mit ihrem Vater vor dem Kirchturm auf den Pfarrer.

Hanne Bress lief zum wiederholten Mal den Mittelgang entlang. Sie blickte hinauf auf die Galerie zu der Organistin, die hilflos mit den Schultern zuckte. Wo war Pastor Behrend? Sie betrat die Sakristei und verließ sie durch den Hinterausgang, um erneut die Kirche zu umrunden, als plötzlich die Glocken läuteten. Erstaunt verharrte sie einen Moment und lauschte. Vom Glockenturm kam das große Geläut, das den höchsten kirchlichen Feiertagen vorbehalten war. Das Hochzeitsläuten klang anders und würde erst beim Auszug des frisch vermählten Paares aus der Kirche erklingen. Dann gellte ein Schrei durch die Luft.

Kapitel 10

In der Nordseeklinik standen Bente und Heike Schulter an Schulter im Flur von Station 1 und sahen sich auf dem Handy die Kameraaufzeichnung an.

»Hier spricht Matze Klenk mit ihr«, murmelte Bente und ging ein paar Schritte zur Seite. Jetzt stimmte ihre eigene Position mit der der Nonne überein.

»Ja, und jetzt geht sie hier entlang zu diesem Zimmer!« Heike heftete ihre Augen aufs Display und folgte mit Bente dem Weg der Nonne.

Auf dem Türschild stand:

DR. PHILIPP BECKMEYER
LEITENDER ARZT
ORTHOPÄDIE

Heike klopfte und öffnete zeitgleich die Tür.

Das Büro mit Blick auf die Dünen war unerwartet groß und modern eingerichtet. Ein imposanter Schreibtisch aus Nussbaum stand vor den bodentiefen Fenstern, davor zwei Freischwinger mit Ledersitzen. In einer Ecke stand ein cremeweißes Ledersofa, gegenüber an der Wand hingen zwei deckenhohe Spiegel, dazwischen ein Aquarell von Siegwart Sprotte. Bente trat näher heran und begutachtete es. »Das ist ein Original! Was hängt bei dem Doktor zu Hause an den Wänden, wenn er in seinem Büro einen echten Sprotte ausstellt?«

»Hut ab, Brodersen, ich wusste nicht, dass du dich mit Malerei auskennst!«, staunte Heike.

»Tue ich nicht, aber dieser Maler ...«

»Was fällt Ihnen ein!«, rief eine verärgerte Krankenschwester und betrat das Büro mit wedelnden Armen, um den ungebetenen Besuch aus dem Zimmer zu scheuchen.

Heike zückte ihren Dienstausweis. »Wir suchen Dr. Beckmeyer.«

Überrascht hielt die Frau inne. Dann schüttelte sie den Kopf und erklärte: »Dr. Beckmeyer hat keine festen Sprechzeiten, er ist einer unserer Leitenden Ärzte mit Belegbetten.«

»Sind alle Arztbüros so exklusiv eingerichtet?«, fragte Bente.

»Nein, Dr. Beckmeyer hat im Gegensatz zu den meisten anderen einfach Geschmack!«

»Und Sie sind?«

»Victoria Thordsen, Orthopädie Krankenschwester«, erwiderte sie knapp.

»Ist Ihnen gestern Abend hier auf der Station eine Nonne aufgefallen?«

»Sie sind wegen der toten Nonne hier?«

Bente nickte.

»Schrecklich, was passiert ist! Ich hatte um 18 Uhr Feierabend und bis dahin war keine Nonne hier, das wäre mir ganz sicher aufgefallen.«

»Ist Dr. Beckmeyer zu regelmäßigen Zeiten hier in der Klinik?«, fragte Heike.

Bente registrierte das Aufleuchten in den Augen von Viktoria Thordsen. Offenbar bewahrheitete sich wieder einmal das Klischee, dass Krankenschwestern die Ärzte anhimmelten!

»Nein, aber auf dem OP-Plan können wir sehen, wann er eingetragen ist. Danach verbringt er meistens einige Zeit hier im Büro.«

»Wie häufig operiert er denn?«, hakte Heike nach.

»Das ist ganz unterschiedlich, aber wir freuen uns immer über seine Anwesenheit auf Station«, erklärte Schwester Viktoria und lächelte versonnen.

»Warum?«

Irritiert stutzte sie. »Weil er freundlich und zuvorkommend ist!«

Bente stöhnte stumm auf. Diese Frau bewunderte ihren Chef unverhohlen und würde keine Informationen preisgeben, die ein negatives Bild auf ihn warfen.

»Wo befindet sich die Praxis von Dr. Beckmeyer?«

»In Kampen, ich war einmal mit meinem Knie dort, aber eigentlich behandelt er ausschließlich Privatpatienten. Bei mir hat er eine Ausnahme gemacht!« Der Stolz in ihrer Stimme war nicht zu überhören.

Bente dachte nach. Es war gängige Praxis, dass Ärzte sich in Kliniken für ihre OPs einmieteten. Dieses Büro wurde lediglich stundenweise von ihm genutzt und die Wahrscheinlichkeit, ihn hier anzutreffen, war gering. Sie bedankte sich bei der Krankenschwester, nickte Heike zu und trat auf den Flur.

»Sagt Ihnen Marco Giersch etwas?«, fragte Heike im Hinausgehen.

Schwester Victoria rollte mit den Augen. »Natürlich, er hält die ganze Station auf Trab mit seinem gestohlenen Bademantel!«

»In welchem Zimmer finden wir ihn?«

»Er ist nicht bettlägerig und hält sich entweder in der Cafeteria oder im Gemeinschaftsraum unten im Erdgeschoss auf.« Damit eilte sie zu einem gegenüberliegenden Zimmer.

»Gut, eine letzte Frage noch, Schwester Victoria.«

Die Mittdreißigerin wandte sich ungeduldig zu Bente um.

»Ist Dr. Beckmeyer häufiger abends in seinem Büro?«

Sie sah Bente mit großen Augen an und wusste nicht, worauf sie hinauswollte. »Nein, seine Patienten werden von uns versorgt und er schaut meist morgens bei den am Vortag Operierten vorbei. Als leitender Arzt mit Belegbetten übernimmt er keine Nachtschicht.«

»Danke.«

Als Bente und Heike im Treppenhaus die Stufen hinuntergingen, sahen sie sich achselzuckend an.

»Das heißt, die Nonne hat tatsächlich etwas in seinem Büro gesucht oder ...«

»Sie hat einfach ihr Glück versucht, ihn hier anzutreffen«, beendete Bente den Satz.

»Jedenfalls hat sie ihn nicht als Patientin aufgesucht«, führte Heike den Gedanken fort und griff zu ihrem Handy. »Hier ist die Praxisnummer, ich ruf da mal an!« Sie lauschte dem Klingelton und wartete. Nach dem zehnten Klingeln sprang der Anrufbeantworter an und sie legte auf, ohne eine Nachricht zu hinterlassen.

An der Information fragten sie nach Marco Giersch.

»Sie erkennen ihn sofort an seinem knallroten Jogginganzug«, seufzte der Mitarbeiter und wies ihnen den Weg.

In dem Gemeinschaftsraum, der mit vier Tischen und jeweils sechs Stühlen möbliert war, lehnte Marco Giersch an einer Fensterbank, hielt eine Tasse Kaffee in der Hand und informierte die Anwesenden lautstark über die laxen Sicherheitseinrichtungen in diesem Krankenhaus. »Ich habe natürlich Anzeige erstattet und rate Ihnen, alle mitgebrachten Sachen aufzulisten und gut zu verwahren! Wer einen Bademantel klaut, der lässt ganz sicher noch mehr mitgehen!« Seine Stimme hatte den unsympathischen Klang eines Menschen, der sich gern beschwerte.

»Herr Giersch?«, fragte Heike und ging mit gezücktem Dienstausweis auf ihn zu.

»Ah, endlich! Das wird auch Zeit, dass die Polizei sich um den Fall kümmert!« Er warf einen beifallheischenden Blick in die Runde.

»Mein Name ist Heike Röder und das ist Kriminalhauptkommissarin Brodersen«, reagierte Heike unaufgeregt. »Würden Sie uns bitte begleiten? Wir haben einige Fragen an Sie.«

Eifrig griff er zu der Krücke und humpelte zur Tür. »Selbstverständlich gebe ich meine Aussage zu Protokoll! Diesem Diebesgesindel muss das Handwerk gelegt werden, nicht wahr? Selbstredend bin ich da behilflich!«, plusterte er sich auf und steuerte auf ein Wartezimmer zu, das leer stand. »Kommen Sie herein, meine Damen, ich habe bereits einen Verdacht!«

Bente und Heike waren ihm kopfschüttelnd gefolgt.

»Erzählen Sie doch einfach, was passiert ist«, forderte Heike ihn auf.

»Dieser Bademantel ist von *Boss*! Der hat dreihundert Euro gekostet! Da hat sich doch eine der ausländischen Putzfrauen bedient!« Sein Doppelkinn wippte beim Sprechen auf und ab. Marco Giersch war stark übergewichtig und der Geruch von getrocknetem Schweiß erfüllte den kleinen Raum. Sein glänzendes Gesicht wurde von strähnigen, fettigen Haaren eingerahmt. Alles an ihm war abstoßend. Bente sträubten sich die Nackenhaare und sie sah ihm kalt in die Augen. »An Ihrer Stelle würde ich mit solchen Äußerungen vorsichtig sein! Eine Anzeige wegen übler Nachrede hätte weitaus schlimmere Folgen für Sie als der Verlust Ihres Bademantels!«

Er hielt ihrem Blick für eine Sekunde stand, dann rief er empört: »Auf wessen Seite stehen Sie eigentlich?«

Heike und Bente ignorierten diese Frage und warteten. Bei Marco Giersch handelte es sich nicht um die Person, die das Bett mit der Nonne in das Zimmer geschoben hatte. Schlanke Menschen konnten ihre Statur mit Kissen oder Jacken verändern, andersherum funktionierte das nicht. Dennoch war es möglich, dass er Informationen zum Verbleib seines Bademantels hatte.

»Wir warten, Herr Giersch«, mahnte Bente ungeduldig.

»Worauf?«

»Dass Sie uns schildern, was passiert ist!«

Er sah Bente beleidigt an. »Die haben meinen Bademantel aus der Wäscherei nicht wieder zurückgebracht.«

Heike sah Bente kopfschüttelnd an. »Also handelt es sich nicht um Diebstahl aus Ihrem Zimmer! Wann haben Sie den Mantel in die Wäscherei gegeben?«

»Vorgestern, er hätte spätestens heute Morgen zurück sein müssen! Aber in der Wäscherei ist er nicht, also hat ihn jemand von dort mitgehen lassen!«

»Vorsicht, Herr Giersch, Sie bewegen sich auf dünnem Eis mit Ihren haltlosen Anschuldigungen! Es ist nicht Aufgabe der Polizei, verloren gegangenen Sachen nachzuforschen.

Setzen Sie sich mit der Verwaltung des Krankenhauses auseinander!«, maßregelte Heike ihn.

Die Hinweise verdichteten sich darauf, dass der Täter unter dem Personal des Krankenhauses zu finden sein würde. Offensichtlich war dieser unsympathische Patient nicht in den Fall verwickelt.

»Aber Sie müssen meine Anzeige aufnehmen! Andernfalls beschwere ich mich über Sie wegen …«

Weiter kam Giersch nicht, denn Bente unterbrach ihn barsch: »Ich rate Ihnen, sich zurückzuhalten, wir werden ein Auge auf Sie haben!« Ihre Stimme klang bedrohlich und sie sah ihm kalt in die Augen. Giersch schluckte nervös und blinzelte hektisch. »Ich werde morgen entlassen und fahre zurück nach Hannover.«

»Das hört sich gut an, da wird die Freude groß sein!«, entgegnete Bente und ließ ihn stehen.

Heike grinste in sich hinein, als sie Gierschs Verwirrung bemerkte. Offenbar hatte er Schwierigkeiten, die Bemerkung richtig einzuordnen.

Sie gingen zur Wäscherei im ersten Untergeschoss. Keiner der Mitarbeiter konnte Angaben zum Verbleib des Bademantels machen. Bente sah sich in den Räumen um. Hier war es ein Leichtes, sich Zutritt zu verschaffen.

»Warum dieser Bademantel?«, wandte sie sich an Heike.

»Na ja, er hat eine Kapuze. Damit konnte sich der Täter unerkannt durch die Flure bewegen.«

Bentes Handy klingelte. »Hansen, was gibt's, hast du gebeichtet?«, frotzelte sie.

»Du musst kommen! Pastor Behrend von St. Severin ist tot. Er hat sich vom Kirchturm gestürzt!«

»Suizid?«, rief Bente zweifelnd. Zwei tote Angehörige der Kirche innerhalb eines Tages waren kein Zufall!

»Es sieht so aus, er war allein dort oben, aber...«

»Aber was?«

Hansen stöhnte auf. »Auf diesem Turm soll ein Fluch liegen.«

»Was willst du damit sagen, Hansen? Höhere Mächte zwingen einen Pastor, sich in den Tod zu stürzen? Das glaubst du doch selber nicht!«, regierte Bente ungehalten.

»Nein, aber alles erinnert mich an den Selbstmord einer Frau vor zwanzig Jahren. Derselbe Turm, dieselbe Todesart!«

Bente sah ihn mit gerunzelter Stirn an. »Bitte Hansen, komm zum Punkt. Ich glaube nicht an Geister und Flüche.«

»Irgendwann in den Achtzigern ist der Turm wieder eröffnet worden, aber die Unglücksfälle reißen nicht ab!«

Heike hing gebannt an seinen Lippen. »Was ist passiert?« Ihre Stimme klang wie die eines Serienjunkies.

»Vor knapp 20 Jahren hat sich eine junge Frau hier das Leben genommen.« Hansen rieb sich den Bart. »Ich müsste nochmal in der Akte nachsehen, aber mehrere Zeugen hatten ausgesagt, dass die Frau vollkommen aufgelöst in den Kirchturm gerannt war und sich von oben in den Tod gestürzt hatte.«

Bente war versucht, ihm zu sagen, dass er nicht berechtigt war, in alten Akten zu wühlen. Er war schließlich in Rente. Sie sah den schmucklosen Backsteinturm hinauf. Viele Bauwerke, auf die jemand hinaufsteigen konnte, gab es auf Sylt nicht. Auch wenn es makaber klang, aber der Turm und die Schauergeschichten übten wahrscheinlich eine seltsame Anziehungskraft auf Selbstmörder aus.

»Klingt auf jeden Fall spooky!«, murmelte Heike und erntete einen bösen Blick von Bente. »Es gibt dafür ganz sicher eine Erklärung, die nichts mit irgendeinem mittelalterlichen Fluch zu tun hat!«

Hansen wiegte bedächtig den Kopf hin und her. »Früher stand das Glockengeläut von St. Severin zu oft mit einem Todesfall in Verbindung, deshalb haben die Keitumer den Turm zugemauert. Auch wenn das lange her ist, halten sich die Geschichten in den Köpfen. Jedes neue Unglück holt die Vergangenheit wieder ans Licht, zumindest bei den gottesfürchtigen Alten!«

Bente stutzte. Sie kannte Hansen nicht wieder. Sein Pragmatismus und Realitätssinn hatten ihr bei der Lösung einiger Fälle geholfen, aber diese Fähigkeiten waren offenbar angesichts dieses Kirchturms verloren gegangen! Sie sah ihn mit hochgezogenen Augenbrauen an.

»Bist du religiös?«, fragte er leise und rückte den Arm in der Schlinge zurecht.

»Das spielt keine Rolle!« Bente hob verzweifelt die Hände. »Wir haben eine ermordete Nonne und keine acht Stunden später einen toten Pastor! Allein die Tatsache, dass es sich bei beiden um Angehörige der Kirche handelt, lässt mich einen Suizid anzweifeln!«

»Okay, Brodersen, stimmst du mir zu, dass wir über einen kriminalistischen Spürsinn, einen Instinkt oder ein Gefühl, nenne es, wie du willst, verfügen?«

Bente nickte.

»Der Glaube an einen Fluch oder an Gott ist nichts anderes als ein starkes, inneres Gefühl!«

Bente rollte mit den Augen. »Mit dem Unterschied, dass mein Gefühl auf jahrelanger Erfahrung und logischer Schlussfolgerung basiert, und ich hoffe, deines ebenfalls. Das hat nichts mit Glauben zu tun. Ich bin kein überzeugter Atheist, aber ich glaube nicht an eine höhere Macht oder Gerechtigkeit.«

Heike murmelte leise: »Ich bin erst seit ein paar Jahren dabei und mein Gefühl hat demnach weniger mit Erfahrung zu tun. Aber an Weihnachten und Ostern gehe ich immer mit meiner Familie in die Messe und das ist schön. Jedenfalls bin ich in der Kirche und glaube an Gott!«

Bente holte tief Luft. Sie war keine Kämpferin für den Atheismus, vertrat allerdings eine klare Position zu religiösem Aberglauben. »Euch ist schon bewusst, dass Demokratie, Menschenrechte, Meinungsfreiheit und die Gleichberechtigung von Mann und Frau bis heute ihre größten Widersacher in den Geboten der jeweiligen Religionen haben, oder? Ganz abgesehen davon, dass Homosexualität bei den meisten immer noch als Sünde gilt!« Sie dachte an Anka, die vor einigen Jahren eine lesbische Beziehung eingegangen war, einfach, um sich auszuprobieren. Diese Freiheit war es, die Bente wertschätzte und verteidigte! »Habt ihr schon mal darüber nachgedacht, dass wir zum Mond fliegen, über Satelliten kommunizieren und in der Lage sind, Lasertechnik für Operationen zu nutzen? Dafür brauchte es Wissenschaft, Intelligenz und Erfindungsgeist und nicht alte Mythologien!«

Hansen und Heike starrten sie überrascht an. Ein solches Plädoyer war ungewöhnlich.

Bente atmete tief durch. »Glaubt, was ihr wollt, aber können wir uns jetzt auf die zwei Toten konzentrieren? Das ist nämlich unser Job!« Damit wandte sie sich um und ließ ihren Blick über den Vorplatz der Kirche schweifen. »Was macht das Kamerateam dort?« Sie zeigte auf eine Gruppe von vier Leuten.

Erik kam auf sie zu und hatte die Frage gehört. »Die sind von *Bares für Rares,* eine Livesendung wird heute in der Musikmuschel gedreht und ...«

»Du kennst die Sendung?«, unterbrach Bente ihn überrascht.

»Klar! Du etwa nicht?«

Heike grinste. »Nee, aber ich hab´s ihr schon erklärt!«

»Und was hat die Trauung mit der Sendung zu tun?«, fragte Bente.

»Es geht um das Motorrad.« Erik deutete auf die Beiwagenmaschine, die vor der Kirche stand. »Es ist wohl der Höhepunkt der Sendung und der Besitzer ...«, er blätterte in seinem Notizbuch zwei Seiten zurück, »..., Herr Matthias Rescher aus Österreich, war für die Hochzeitsfahrt engagiert.«

Bente sah zu dem jungen Mann von Anfang dreißig, der neben dem Motorrad stand.

»Der Pastor hat mit ihm gesprochen, kurz bevor er sich vom Turm gestürzt hat«, erklärte Erik.

Bente nickte. »Heike, du kümmerst dich um das Kamerateam. Ich will alle Aufnahmen, die sie hier gemacht haben. Vielleicht ist irgendwas zu erkennen!« Dann wandte sie sich an Erik: »Wir brauchen die Personalien von allen Anwesenden, Hochzeitsgäste ebenso wie Friedhofsbesucher!«

»Das sind knapp hundert Leute!«, empörte er sich, konnte aber ein Grinsen nicht unterdrücken. »Die Kollegen sind schon dabei und Unterstützung müsste jeden Moment eintreffen. Ich wusste, dass du genau diese Anweisung geben würdest!«, lächelte er freimütig und Bente zwinkerte ihm zu. »Gute Arbeit, Willemsen!«

»Das kostet dich `ne Pizza!«

»Geht klar!«, schmunzelte sie und drehte sich zu Hansen, der nachdenklich die Stirn kraus zog. »Die tote Nonne hat vor ihrer Ermordung irgendwas von zwanzig Jahren zu spät zu einem Pfleger gesagt und jetzt erinnert dich dieses Unglück an einen Selbstmord von vor zwanzig Jahren! Wenn du helfen willst, fahre zurück ins Büro und nimm dir die Akte vor, vielleicht gibt es einen Zusammenhang!«

»Das war ganz eindeutig Selbstmord damals«, grummelte er kopfschüttelnd vor sich hin.

Eine völlig aufgelöste Frau eilte auf sie zu, grüßte Hansen mit einem Nicken und er stellte sie Bente als Pfarramtssekretärin Hanne Bress vor. Offensichtlich kannte sie den alten Polizeichef von früher.

»Erst Schwester Benedicta und jetzt Pastor Behrend!«, schluchzte sie.

»Schwester Benedicta?« Bente wurde hellhörig.

»Ja, meine Schwägerin hat mir von dem Mord an der Nonne in der Klinik berichtet, sie arbeitet dort.«

»Sie kannten die Tote?« Der Mord in der Klinik hatte etwas mit St. Severin zu tun!

»Ja, also nein, nicht kennen, aber sie ist gestern hieher gekommen, als ich den Altarraum für die Hochzeit vorbereitet habe. Sie gehörte dem Johanniterorden an und war von Thüringen angereist. Ihr Erscheinen war der Auslöser!«, rief Hanne Bress anklagend.

»Wofür?«, hakte Bente nach.

»Für den Fluch!«, schrie sie schrill und alle Leute hinter der Absperrung drehten sich zu ihnen um.

»Der Fluch von St. Severin ist wieder da! Pastor Behrend ist sein Opfer geworden!« Kraftlos und zitternd sank die Pfarramtssekretärin zusammen. Bente fing sie auf und winkte einem Sanitäter, der sie zum Rettungswagen führte. Sie würde die schockierte Frau später befragen, aber jetzt kannte sie die Identität der ermordeten Nonne! Schwester Benedicta aus einem thüringischen Kloster des Johanniterordens. Was hatte sie in St. Severin gewollt?

»Dieser Fluch wird binnen weniger Stunden das Inselgespräch Nummer Eins sein, das garantiere ich dir!«, seufzte Hansen.

»Jetzt mal ehrlich, Hansen, bist du abergläubisch?«

»Nein, Aberglaube bringt nur Unglück!«, seufzte er.

Kapitel 12

Und?« Bente stand im Innern des Kirchturms hinter Flackner, der über dem Leichnam des Pastors hockte. Er drehte sich um und sah sie an.

»Augenscheinlich hat er mehrere Knochenbrüche, die mit Sicherheit von dem Sturz stammen.« Er zeigte nach oben, wo ein viereckiges Loch in der Decke zu sehen war, über dem eine schwere Glocke hing. »Mein Team ist oben und sichert Spuren.«

»Er ist also da hochgegangen und hat sich von oben runtergestürzt?«, fragte Bente und wies auf die hölzernen Stufen der Wendeltreppe.

Flackner nickte.

Plötzlich wusste sie, was fehlte. Er aß nicht. Jetzt nicht und heute Morgen im Krankenhaus auch nicht! »Bist du krank? Du isst ja gar nicht!«, platzte sie unverblümt heraus.

»Ich bin auf Diät! Spar dir dein Mitleid und erinnere mich nicht ans Essen, Brodersen!«, grummelte er genervt und wie auf Kommando hörte sie seinen Magen knurren.

»Die ersten zwei Tage sind die schlimmsten, danach wird´s leichter!«, grinste Bente.

Empört richtete er sich auf. »Pah, heute ist der fünfzehnte Tag! Vier Kilo sind schon runter, das sieht ja wohl jeder, der Augen im Kopf hat!«

Bente runzelte die Stirn. Ein bemerkenswerter Gewichtsverlust oder gar eine Figurveränderung würde bei Flackners Leibesumfang erst in einem zweistelligen Bereich auffallen, aber das behielt sie für sich. »Gibt es Kampfspuren?«

Flackner schüttelte den Kopf. »Vielleicht finden die Kollegen oben was, aber an der Leiche deutet nichts auf Fremdeinwirkung hin.«

Heike betrat den Turm und versuchte, nicht auf den Toten zu sehen. »Es gibt einige Zeugen, die den Sturz gesehen haben, darunter die Braut und ihr Vater. Ausgerechnet am Tag der Hochzeit, das muss furchtbar sein!«, seufzte sie mitfühlend.

Auch Bente fragte sich, ob dieses Brautpaar fähig sein würde, dieses Trauma zu verarbeiten, und schüttelte bedauernd den Kopf.

»In der Wache ist um 10:53 Uhr ein Anruf von Hanne Bress eingegangen. Sie hat nur angegeben, dass sie im Auftrag von Pastor Behrend die Polizei nach St. Severin rufen solle. Die Kollegen sind um 11:09 Uhr eingetroffen, kurz nach dem Sturz.«

Bente dachte an die aufgelöste Pfarramtssekretärin. Weshalb hatte sie diesen Anruf nicht erwähnt? Sie trat aus dem Turm und suchte mit den Augen die Menschenmenge ab. Mehrere Sanitäter kümmerten sich um die Hochzeitsgesellschaft, in einem der Rettungswagen saß zusammengesunken die Braut in eine Decke gehüllt. Ein Arzt legte gerade eine Braunüle, um den Tropf mit Beruhigungsmittel anschließen zu können. In einem anderen Rettungswagen erkannte sie

Hanne Bress. Eine Sanitäterin reichte ihr eine Flasche Wasser. Bente ging zu ihr und fragte: »Warum haben Sie die Polizei angerufen, noch bevor Pastor Behrend ...«, sie stockte, »... bevor er zu Tode gekommen ist?«

Frau Bress schluckte die aufsteigenden Tränen hinunter. »Als ich ihm von Schwester Benedictas Tod in der Klinik erzählt hatte, sagte er, ich solle die Polizei rufen. Er wollte erst die Trauung vollziehen!«, schluchzte sie.

»Hat er sonst noch etwas zu Ihnen gesagt? Was könnte ihn nach der Nachricht von Schwester Benedictas Tod veranlasst haben, mit der Polizei sprechen zu wollen?«

»Er hat nichts weiter gesagt, aber seine Stimme war zittrig und in seinen Augen konnte ich deutlich die Angst erkennen! Es hatte etwas mit Schwester Benedicta zu tun!«

Bente vermied es, nachzuhaken, um nicht noch einmal das Gerede von einem Fluch heraufzubeschwören.

Hanne Bress starrte zum Kirchturm hinauf. »Die Glocken haben geläutet!«, murmelte sie traurig. »Nur für ihn!«

Als Bente zurück in den Turm kam, wurde Pastor Behrends Leiche gerade in einen Aluminiumsarg gelegt. Sie wandte sich an Flackner: »Beide Fälle hängen definitiv zusammen. Sieh dir die Leichen ganz genau an, vielleicht gibt es Übereinstimmungen!«

»Ach nee, ganz genau?«, entgegnete er gereizt. »Also nicht wie üblich nur mal kurz drüberschauen und zum Spaß aufschneiden?«

»Du weißt schon, wie ich das meine, Flackner!«

»Nein, Brodersen, das weiß ich nicht, denn deine Bemerkung unterstellt, dass ich meine Arbeit sonst nur zu achtzig Prozent mache und heute ausnahmsweise mal volle hundert geben soll!«

Bente stöhnte genervt auf. Musste er immer jedes Wort auf die Goldwaage legen? Die Zusammenarbeit mit ihm strengte sie an, weil er ihr gegenüber unangemessen kameradschaftlich auftrat und sie keinerlei Sympathie für ihn hegte. Er war einer der besten, wenn nicht gar der beste Gerichtsmediziner des Landes und sie schätzte seine Arbeit, aber sowohl bei den Kollegen von der Wache als auch bei denen von der SpuSi galt er als arroganter Fahrradfahrer. Nach oben beugen, nach unten treten, hatte Erik sein Verhalten treffsicher beschrieben. Er sei ein alternder, alleinstehender Mann, der seinen Frust über ein fehlendes Privatleben an niedrigeren Dienstgraden ausließ. Bente biss sich auf die Zunge. Sie nervten vor allem sein Beleidigte-Leberwurst-Verhalten und ständiges Geschmatze. Letzteres traf zumindest zur Zeit nicht zu, das erleichterte die Sache. »Was kannst du mir bisher sagen?«

»Männlich, um die sechzig, dutzende Knochenbrüche und tot!«, antwortete er unterkühlt.

»Vielleicht solltest du deine Diät überdenken, unterzuckert bist du reizbar. Ich erwarte Professionalität, verstanden?«

Flackner schien abzuwägen, ob ein Streit sich lohne. Schließlich deutete er nach oben zum Glockenturm. »Sobald meine Leute fertig sind, fahren wir ab. Die Obduktion beider Leichname wird Zeit in Anspruch nehmen. Ich melde mich, wie immer, sobald ich Informationen für dich habe!« Er konnte es nicht lassen, das *wie immer* zu betonen.

»Danke«, murmelte Bente unwillig. Warum fiel ihr ein einfaches *Danke* bei ihm so schwer? Sie wischte den Gedanken beiseite und konzentrierte sich auf ihre Arbeit. »Heike, was hast du erfahren?«

»Der Pastor ist direkt hier aufgeschlagen, als Braut und Brautvater eintraten. Die gerade eingetroffenen Kollegen haben den Schrei der Braut gehört und waren sofort zur Stelle. Einer von ihnen ist die Treppe hochgelaufen, der andere konnte nur noch den Tod des Pastors feststellen.« Heike beendete ihren Satz mit einem Kopfschütteln.

Bente verstand, worauf ihre Kollegin hinauswollte.

»Oben im Glockenturm war niemand, richtig?«

Heike nickte. »Damit ist Selbstmord die einzig logische Erklärung.«

»Ja, aber irgendetwas stimmt hier nicht. Das ist doch kein Zufall!«, grübelte Bente.

»Fakt ist jedenfalls, dass der Pastor von dort oben nicht gestoßen wurde, was nur bedeuten kann, dass er selbst gesprungen ist.«

»Dann sehen wir uns mal da oben um!« Bente stieg die Stufen hinauf, dicht gefolgt von Heike.

Der Glockenturm hatte die gleiche Grundfläche wie der Eingangsbereich, wirkte jedoch wegen der drei großen Glocken und der eindrucksvollen Mechanik wesentlich kleiner.

Bente grüßte die Mitarbeiter der SpuSi, die mit Schwarzlichtlampen jeden Quadratzentimeter ableuchteten. »Können wir schon?«

»Wir sind fast durch«, nickte einer und ging langsam um die große Gis-Glocke herum.

Sie hockte sich an den Rand der Glocke. »Warum ist dieses Loch hier drunter?«

Heike zuckte mit den Schultern. »Bestimmt war das die Führung nach unten für die Seile, als die Glocken noch von Hand geläutet wurden.« »Ja, so ist es, heute funktioniert das per Knopfdruck!«, erklärte einer der Beamten.

»Das heißt, Pastor Behrend muss sich hier an den Rand gesetzt und nach unten fallen gelassen haben?«

Heike trat einen Schritt näher heran an das Loch und bückte sich. »Ja, sieht umständlich aus, aber eine andere Möglichkeit gibt es nicht.«

Bente streckte die Hand zur Glocke aus und hob fragend eine Augenbraue. Als der Beamte nickte, versuchte sie, die Glocke erst mit einer Hand, dann mit beiden und schließlich mit ihrem Körper zu bewegen. Ohne Erfolg. Die siebenhundert Kilo ließen sich keinen Zentimeter verrücken. »Okay, ich brauche starke Arme, die mich halten!«, wandte sie sich an die SpuSi-Mitarbeiter. Sie starrten sie verständnislos an und eilten schließlich an ihre Seite, als sie sich Richtung Loch unter die Glocke schob. Heike unterdrückte einen Aufschrei und ließ sich auf die Knie nieder, um Bentes Hosenbund zu umfassen. Die Beamten hielten jeweils einen Knöchel umschlungen.

»Ich versuche jetzt, mich so zu positionieren, dass ich mich hinunterstürzen könnte, also packt bitte fest zu!«

Alle drei verstärkten den Druck und Bente spürte ihre Anspannung. Nach zehn Sekunden schob sie sich von der Öffnung zurück, stand auf und klopfte sich den Staub von der Hose. »Die Glocke hängt mittig über der Öffnung. Man kann also nicht einfach runterspringen, sondern muss umständlich an den Rand robben und sich aus dem Sitzen abstoßen, richtig?«

Die Beamten nickten und Heike bestätigte: »Egal, wie man sich dreht und wendet, ohne Abstützen funktioniert es nicht!«

Bente wies auf den Rand der Öffnung und fragte einen der Beamten: »Sie haben alle Fingerabdrücke genommen?«

»Ja, wir sind fertig.« Plötzlich stockte er. »Da waren keine Fingerabdrücke...«, murmelte er verblüfft.

»Pastor Behrend trug keine Handschuhe, also müssten dort am Rand seine Handabdrücke sein!«, rief Heike und warf Bente einen bewundernden Blick zu. »Er ist nicht runtergesprungen!«

»Jedenfalls nicht aktiv und aus eigener Kraft!«, seufzte Bente.

»Aber wie ...?«, stammelte der SpuSi-Beamte.

»Das gilt es herauszufinden! Die Fingerabdrücke hier im Turm, am Treppengeländer und von der Eingangstür müssen ausgewertet werden. Vielleicht ergibt sich eine Art Bewegungsprofil vom Pastor und seinem Mörder!«

»Es war der Fluch!«, flüsterte einer der Beamten und sah sich ängstlich um.

»Noch ein Wort von diesem Fluch und ich werfe Sie eigenhändig da runter, verstanden?«

Kapitel 13

Er brauchte etwas Zeit, um sich zu sammeln. War das tatsächlich gerade passiert?

Unauffällig bewegte er sich in der Menge und erreichte schließlich seinen Wagen am Eingang zum Friedhof.

Die Geschichte hatte sich wiederholt und all das Gerede, das er im Laufe der Jahre über den Fluch von St. Severin gehört hatte, war wieder präsent. Aber eines hatte sich verändert. Die Zweifel waren wie weggeblasen. Nun hatte er Gewissheit. Auch wenn ihm weder Hintergründe noch Hergang klar waren, wusste er jetzt, dass sein Gefühl ihn nicht getäuscht hatte. All die Jahre hatte er es gewusst!

Suchend sah er zurück auf das Treiben um die Kirche herum. Konzentriert schweifte sein Blick über die Hochzeitsgäste, Polizisten und Sanitäter. Plötzlich stutzte er. Das Gesicht war von ihm abgewendet, aber es handelte sich eindeutig um die Person, die ihm in den vergangenen zwei Jahrzehnten nicht aus dem Kopf gegangen war. Er setzte sich ins Auto und dachte nach. Es würde nicht einfach werden, aber diesmal war er sich sicher!

Knapp zwanzig Minuten später wurde er Zeuge einer Verwandlung, die er nicht für möglich gehalten hatte. Im Nachhinein fügte sich alles an seinen Platz und ergab einen Sinn.

Vor seinen Augen liefen die Bilder aus der Vergangenheit ab. Wie Puzzleteile, die nicht zusammenpassten, drehten sie sich und ließen seine Gedanken kreisen.

Sein Handy klingelte. Im Display tauchte Silkes Name auf. Sie war seine Assistentin. Er wurde am Set gebraucht, aber das hier war wichtiger. Mit einem Tastendruck stellte er das Handy auf lautlos, steckte es zurück in die Jackentasche und stieg aus. Er spürte jeden einzelnen Herzschlag in seiner Brust, als er in den ersten Stock ging. Aufmerksam las er die Namen an den Türen und verharrte schließlich atemlos vor seinem Ziel. Seine Hand legte sich um die Türklinke und er spürte die Abwärtsbewegung, noch bevor er sie herunterdrückte.

Jemand öffnete die Tür von innen und im nächsten Moment stand eine Krankenschwester vor ihm.

»Kann ich Ihnen helfen?«, fragte sie kühl.

Er warf einen kurzen Blick in das Zimmer, schüttelte den Kopf und ging hastig den Flur zurück ins Treppenhaus. Dort stützte er sich keuchend am Geländer ab und atmete tief durch.

Auch wenn ihm die Zusammenhänge noch nicht klar waren, hatte der Fluch ein Gesicht bekommen.

Kapitel 14

»Wir haben die Aufnahmen vom Filmteam«, verkündete Heike und erhob sich von ihrem Schreibtischstuhl. »Klemme, kannst du das downloaden? Ist eine große Datei über Webtransfer.«

Bente wandte sich an Hansen, der sich gegenüber von Timme an den Schreibtisch gesetzt hatte. »Hast du was herausgefunden?«

»Gestaltet sich schwieriger als gedacht«, brummte er. »Die alten Akten sind nach Husum ausgelagert worden.«

»Und wo liegt das Problem?«

»Die Kollegen in der Kreisstadt konnten vor drei Jahren nicht wissen, dass die Zwischenlagerung so lange dauern würde, ursprünglich war von höchstens achtzehn Monaten die Rede!«, platzte Hansen der Kragen. »Die Kartons mit unseren Akten stehen unausgepackt im Keller und ich war versucht, selbst rüberzufahren, aber dazu bin ich leider nicht ermächtigt. Timme hat für mich die Akte angefragt«, seufzte er theatralisch.

Bente grinste in sich hinein. Sie wusste, dass er auf eine offizielle Mitwirkung bei den Ermittlungen anspielte, wie sie es bereits zweimal beim LKA in Kiel beantragt hatte. Ein drittes Mal würde es nicht geben!

»Ich war damals im Krankenhaus, da wurden mir Gallensteine zertrümmert. Die Ermittlungen wurden schnell eingestellt, aber es gibt eine Akte, da bin ich mir sicher!«

»Wer hat den Fall denn bearbeitet?«

»Das war Jürgen Richter, der stand damals kurz vor der Pension und ist vor zwei Jahren gestorben«, erklärte Hansen. »Wenn ich mich recht erinnere, war es vor der Kirche zwischen den Eheleuten zu einem Streit gekommen. Es gab mehrere Zeugen, die gehört hatten, dass sie sich vom Kirchturm stürzen wollte, was sie dann tat.«

»Also Selbstmord?«, hakte Bente nach.

»Ja, eindeutig!«, entgegnete Hansen unwirsch. »Wenn ich mich nur an den Namen erinnern könnte!«

»Du hast doch Kontakt zu einem der Redakteure von der *Sylter Rundschau*, oder?«, meldete Heike sich zu Wort. »Die werden doch darüber berichtet haben!«

»Danke für den Hinweis, das wäre mein nächster Schritt gewesen!«, brummte Hansen verärgert und zog sein Handy aus der Tasche. »Gern geschehen!«, grinste Heike frech und erntete einen bösen Blick von ihm, bevor er ihr zuzwinkerte. »Vorsicht, du Küken, ich brauch noch keine Seniorenbetreuung!«

»Okay, was haben wir bisher?« Bente nahm einen Marker und schrieb *Schwester Benedicta* und *Pastor Behrend* nebeneinander auf das Clipboard.

»Ich habe mich bei der Zentrale des Johanniterordens erkundigt. Schwester Benedicta ist erst vor einem halben Jahr dem Orden beigetreten, das erklärt ihr unübliches Äußeres, also handelt es sich tatsächlich um eine echte Nonne. Sie wohnt und arbeitet in einem Stift in Thüringen. Ihr bürgerlicher Name ist Stefanie Hehlring.«

»Ist sie im Auftrag des Klosters nach Sylt gereist?«, fragte Heike und fragte sich, ob Nonnen überhaupt Dienstreisen unternahmen.

»Ich denke, sie war im Namen des Herrn unterwegs«, grinste Klemme und erntete einen tadelnden Blick von Bente. Ernst fuhr er fort: »Laut Melderegister ist sie häufig umgezogen, Berlin, Hamburg, Frankfurt an der Oder und einige Male innerhalb Bayerns und NRW. Bis zu ihrem dreißigsten Geburtstag fiel sie mehrfach wegen Drogenbesitzes auf und als Jugendliche musste sie Sozialstunden leisten, weil sie ohne Fahrerlaubnis Auto gefahren war.«

»Das hört sich nach einer Bilderbuchkarriere einer Kleinkriminellen an«, bemerkte Bente. »Interessant wäre, welches Ereignis sie vor einem halben Jahr dazu bewogen hat, ins Kloster zu gehen!«

Heike machte sich dazu eine Notiz. »Vielleicht kann die Leitung des Klosters dazu etwas sagen«, murmelte sie vor sich hin, während Bente daran dachte, dass Flackner beleidigt sein würde, dass die Identität der Nonne bereits geklärt war.

»Gibt es irgendwelche Verbindungen nach Sylt? Familie oder Arbeitsstätte?«

»Nein, weder noch, sie war nie verheiratet und hatte keine Kinder, die Eltern sind verstorben, keine Geschwister«, berichtete Klemme.

»Okay, zurück zur Gegenwart! Laut Aussage des Pflegers Matze Klenk hat sie auf seine Frage, ob er ihr helfen könne, geantwortet, dass es dafür zwanzig Jahre zu spät sei. Der Selbstmord dieser Frau, deren Namen wir hoffentlich gleich erfahren, liegt zwanzig Jahre zurück. Das kann, muss aber nicht, eine Spur sein! Ungefähr sieben Stunden nach der Begegnung auf Station 1 liegt Stefanie Hehlring, alias Schwester Benedicta, ermordet in einem Krankenzimmer auf Station 3 und am selben Tag stürzt Pastor Behrend vom Kirchturm«, fasste Bente die Fakten zusammen.

Alle schwiegen und waren sich darüber im Klaren, dass diese Ereignisse in einem Zusammenhang stehen mussten.

»War Pastor Behrend damals schon Pfarrer von St. Severin?«, fragte Heike.

Klemme tippte auf der Tastatur herum und rief die Webseite der Kirche auf.

»Ja!«, rief Hansen, während er darauf wartete, mit seinem Kontakt von der Zeitung verbunden zu werden. »Ich erinnere mich an ihn. Er hat in dem Jahr das Pfarramt übernommen, sein Vorgänger, Pastor Horstmann, war kurz vorher nach Tansania abgereist. Hilde und ich haben Patenkinder in seiner Gemeinde!«

Überrascht hefteten sich vier Augenpaare auf ihn, aber er wandte sich ab und sprach ins Telefon.

Timme meldete sich zu Wort: »Hier ist das Filmmaterial des Fernsehteams, insgesamt zwanzig Minuten, also überschaubar!«

»Ist Behrend irgendwo zu sehen?«, fragte Bente ungeduldig.

Timme spulte im Schnelldurchlauf vor. »Ja, hier unterhält sich mit dem Besitzer des Motorrads!« Er schaltete auf normale Geschwindigkeit.

»Gibt es keinen Ton?«, wunderte sich Heike.

»Nee, die Fachleute nehmen Bild und Ton getrennt auf und spielen das später zusammen«, erklärte Timme.

»Direkt von dort soll er in den Kirchturm gegangen sein«, bemerkte Bente. »Gibt es davon eine Aufnahme?«

Timme schüttelte bedauernd den Kopf. »Soweit ich es sehen kann, wurde vor allem das Motorrad aufgenommen, aber hier ist zu sehen, wie die Braut mit ihrem Vater den Kirchturm betritt.« Er drehte den Bildschirm zu ihnen.

»Warum betreten sie eigentlich die Kirche durch den Turm, es gibt doch den Haupteingang an der Seite?«, fragte Bente.

»Vom Turm aus führt die gläserne, doppelflügelige Tür direkt in die Kirche und bei Trauungen schreitet die Braut von dort bis zum Altar«, erklärte Heike. Sie war vor einem Jahr zu der Hochzeit einer Freundin in St. Severin gewesen.

Alle sahen gebannt auf den Bildschirm und auch ohne Ton war der Schrei der schockierten Braut in ihren Köpfen, die sich panisch in der Tür umwandte und hinaus lief.

»Da muss Behrend gesprungen sein«, seufzte Timme und stoppte die Aufnahme.

»Nein, das ist der Moment, an dem er auf dem Boden aufschlug. Ich glaube nicht, dass er gesprungen ist!«, berichtigte Bente ihn.

Erstaunt sahen Klemme, Hansen und Timme sie an.

»Aber es war doch niemand bei ihm auf dem Turm! Wie soll das gehen?«, zweifelte Klemme.

Bente berichtete von ihrem Versuch, durch das Loch unterhalb der großen Glocke zu springen. »Die Enge und die fehlende Höhe zwingen dich, auf dem Hosenboden unter die Glocke zu rutschen. Du musst dich mit den Händen abstützen, anders ist es nicht möglich!«

Heike reichte Klemme ihr Handy. »Ich habe Fotos gemacht, spiel die mal auf den Bildschirm.«

Kurz darauf erschienen die Fotos aus dem Glockenturm auf dem Monitor.

»Ist tatsächlich sehr eng«, nickte Timme.

»Warum musstest du das demonstrieren, Brodersen! Bist du lebensmüde?«, grollte Hansen.

»Keine Sorge, die Kollegen von der SpuSi und Heike haben mich gehalten. Mein Punkt ist aber, dass man sich abstützen muss, um sich eigenständig durch das Loch nach unten fallen zu lassen!« Sie zeigte auf die Umrandung des Loches.

»Und?«

»Dort sind keine Fingerabdrücke. Zero, Null, Nada, gar nichts!«

»Hätte er die Glocke beiseite schieben und dann springen können?«, fragte Klemme.

»Nein, war auch mein erster Gedanke, aber diese Glocke wiegt siebenhundert Kilo!«

»Hängen die nicht an Gelenken oder so?«

»Ja, aber früher musste der Glöckner sich an ein Seil hängen, um eine Glocke in Schwingung zu bringen!«

»Also unmöglich?«

Bente nickte.

»Mein Gott, ich Trottel!«, stöhnte Hansen und starrte auf den Monitor.

Alle sahen ihn fragend an, nur Bente kannte den Grund seiner Verärgerung.

Kapitel 15

Sie kannten die Nonne also nicht?«, fragte Bente und folgte Dr. Beckmeyers Blick in den Spiegel. Ein zufriedenes Lächeln huschte über sein Gesicht, bevor er antwortete: »Ich kenne keine Nonne, tut mir leid.« Sein silbrig glänzender Haaransatz und die wachen, grünblauen Augen passten zu dem leicht gebräunten, markanten Gesicht und Bente konnte sich gut vorstellen, dass das weibliche Personal ihm aus der Hand fraß. Er war unbestritten attraktiv, aber auch eitel. Unvermutet dachte sie an Erik, der nur für die Rasur in einen Spiegel sah, und ein Lächeln huschte über ihren Mund.

Dr. Philipp Beckmeyer hatte sich telefonisch in der Dienststelle gemeldet, nachdem Schwester Andrea ihm ausgerichtet hatte, dass die Polizei ihn sprechen wollte.

»Aufgrund der Videoaufzeichnung wissen wir, dass Schwester Benedicta gestern Abend um 20:16 Uhr in dieses Zimmer gegangen ist. Das war kein Zufall, denn sie hat sich alle Türschilder angesehen und blieb direkt vor Ihrem Büro stehen. Ihr Name steht an dem Schild, deshalb vermuten wir, dass es irgendeinen Zusammenhang zwischen Ihnen und dieser

Frau gibt. Ihr bürgerlicher Name war Stefanie Hehlring, vielleicht sagt Ihnen das etwas?«

Beckmeyer rieb sich nachdenklich das Kinn. »Nein, ich glaube nicht, dass sie eine Patientin von mir war, aber das lässt sich feststellen. Meine Praxisleiterin kann das überprüfen, einen Moment, bitte.« Er griff zum Telefon und nach einer Minute schüttelte er bedauernd den Kopf. »Nein, eine Stefanie Hehlring ist nicht in der Patientendatei. Auf den ersten Blick vermisse ich auch keinen Wertgegenstand«, erklärte er und strich über den vergoldeten Stifteköcher, in dem mehrere Montblanc Schreibgeräte steckten. »Haben Sie gesehen, ob die Nonne etwas bei sich trug, als sie mein Zimmer verließ?«

Bente ignorierte seine Frage und sah zu dem wertvollen Gemälde an der Wand. »Schließen Sie nie ab, wenn Sie das Zimmer verlassen? Allein der Sprotte ist doch ein kleines Vermögen wert!«

Der Doktor zuckte entschuldigend mit den Achseln. »Ich vergesse das tatsächlich allzu oft!«, seufzte er. »Bisher ist es immer gut gegangen, aber ein Diebstahl wäre im Verhältnis zu dem Mord an dieser Nonne ja auch nur eine Bagatelle!«

»Wo waren Sie gestern Abend zwischen acht und halb neun?«

»Bei meinen Patienten und in der Personalküche im Erdgeschoss. Die Kantine schließt leider um 18 Uhr und ich habe mir ein Brot gemacht.«

Bente nickte. Die Videoaufzeichnung aus der Nacht zeigten Beckmeyer ein paar Mal. Er hatte sein Sprechzimmer gegen 21 Uhr betreten und es zwei Stunden später wieder verlassen.

»Kommt es häufiger vor, dass Sie die Nacht hier in der Klinik verbringen?«

»Nein, aber manchmal gibt es Patienten, die mich nicht zur Ruhe kommen lassen«, seufzte er.

»Wo waren Sie zwischen 2 Uhr und 4 Uhr heute Morgen?«

»Werde ich verdächtigt?«, schmunzelte er. Bente vernahm das dunkle Vibrato in seiner Stimme. Flirtete er etwa mit ihr?

»Reine Routine!«, meldete Heike sich zu Wort. Sie waren mittlerweile ein eingespieltes Team. Heike übernahm im richtigen Moment die Befragung, damit Bente sich auf die Mikroexpressionen in dem Gesicht des Befragten konzentrieren konnte. Sie hatte sich in den letzten Jahren dahingehend geschult. Minimalste Veränderungen in den Pupillen oder ein unwillkürliches Muskelzucken verrieten eine Unsicherheit oder Lüge.

»Da war ich bei den Kollegen in der Notaufnahme«, antwortete Beckmeyer.

Beide sahen ihn abwartend an. Die meisten Menschen ertrugen dieses Schweigen nicht und fügten ihrer Antwort noch etwas hinzu, aber er ließ sich nicht verunsichern.

»Bis wann waren Sie dort?«

»Ich glaube, es war schon 5 Uhr, als ich nach Hause gefahren bin, auf jeden Fall war es taghell.«

»Gab es denn einen Notfall, bei dem Sie geholfen haben?«, hakte Heike nach.

»Nein!«, lachte er auf. »Es war nichts los, aber als Assistenzarzt musste ich diesen Dienst häufig machen und weiß noch, wie öde die Nächte waren. Da freut man sich über ein bisschen Smalltalk!«

Bente nickte Heike zu und erhob sich aus dem Freischwinger. »Danke, Dr. Beckmeyer. Sollten sich noch Fragen ergeben, melden wir uns. Und wenn Sie irgendetwas hier in der Klinik erfahren, informieren Sie mich bitte!« Sie reichte ihm ihre Visitenkarte.

»Schade, dass wir uns unter diesen tragischen Umständen kennenlernen, aber vielleicht ...«

»Glauben Sie an Gott?«, unterbrach Bente ihn forsch.

Er schüttelte irritiert den Kopf. »Ich bin getauft und konfirmiert, aber schon lange aus der Kirche ausgetreten, weshalb fragen Sie?«

»Weil heute Vormittag der Pastor von St. Severin bei einem Sturz vom Glockenturm zu Tode gekommen ist, nur wenige Stunden, nachdem Schwester Benedicta hier in der Klinik ermordet wurde!«

»Oh, das ist ja furchtbar! St. Severin ist doch die Kirche in Keitum, oder?«

Bente nickte.

»Und weshalb wollen Sie wissen, ob ich an Gott glaube?«

»Ach, wahrscheinlich liegt es an diesem Klischee von Ärzten, Götter in Weiß, Sie wissen schon.«

Beckmeyer zwinkerte ihr verschwörerisch zu. »Machen Sie sich Sorgen um mich?«

»Nein, Sie sind definitiv kein Engel auf Erden!«, konterte Bente und verließ mit Heike das Zimmer.

»Na, der wollte es aber wissen, Brodersen! Das nagt jetzt bestimmt an seinem Selbstbewusstsein!«, kicherte Heike, als sie im Treppenhaus waren und eine Etage höher gingen.

Bente verzog das Gesicht und schüttelte sich. »Egal, es muss einen Grund geben, weshalb Schwester Benedicta ausgerechnet ihn sprechen wollte!«

»Sie sind ja schon wieder hier!«, ertönte eine tiefe Stimme. »Sie machen mir noch die ganze Klinik verrückt!« Schwester Andrea baute sich vor ihnen auf.

Bente wunderte sich einmal mehr über die unterschwellige Aggression der Stationsschwester. »Wir haben einen Mord aufzuklären. Sie werden sich mit unserer Anwesenheit in der Klinik abfinden müssen!«

»Aber deswegen ruht der Klinikalltag nicht. Die Patienten müssen trotzdem versorgt werden!«

»Was ist Ihr Problem, Frau Denker? Wir stören weder Sie noch Ihre Patienten!«

»Keiner von uns kann etwas dafür, dass die arme Nonne ausgerechnet hier ermordet wurde, aber wir haben keine Zeit, uns darüber Gedanken zu machen. Wir wissen so schon nicht, wo uns der Kopf steht!«

»Das müssen Sie auch nicht, das ist unser Job!«, bemerkte Heike kühl. »Wir müssen uns hier umsehen!«

»Ich kann Sie nicht daran hindern, aber helfen werde ich Ihnen nicht. Das Gerede über einen Mörder ist unter den Patienten schon groß genug, aber heute haben sich zwei meiner Mitarbeiterinnen krank gemeldet, aus Angst! Wenn das Schule macht, stehe ich morgen allein hier. Entweder sie finden diesen Mörder schnellstmöglich oder Sie machen sich unsichtbar! Wer will schon in einem Umfeld arbeiten, wo jemand erstochen wurde?«

»Glauben Sie mir, Frau Denker, auch mir wäre es lieber, die Menschen wären friedlicher Natur, aber die Realität sieht nun mal anders aus und ich ändere sie nicht, indem ich den Kopf in den Sand stecke!«, erklärte Bente verärgert. Allerdings konnte sie das Argument der Krankmeldungen nicht entkräften und hatte beinahe Verständnis für Schwester Andreas Abneigung gegenüber der Polizei.

»Nur gut, dass es der Mörder nicht auf einen Patienten oder einen Mitarbeiter abgesehen hatte, sonst wäre hier schon Land unter!«

Bente erstarrte. Was hatte sie gesagt? Mit einem Blick zu Heike verabschiedete sie sich von der Stationsschwester und betrat das Tatortzimmer. »Schwester Benedicta ist hier im Krankenhaus ihrem Mörder begegnet, aber sie hatte sich nicht angemeldet. Wo ist sie die Stunden bis zu ihrem Tod gewesen? Wir sind bisher davon ausgegangen, dass sie zu Dr. Beckmeyer wollte, aber wie groß war die Wahrscheinlichkeit, ihn abends um acht in seinem Sprechzimmer anzutreffen?«

Heike zog nachdenklich die Stirn kraus. »Stimmt, es sei denn, sie hätten sich verabredet, aber er machte nicht den Eindruck, als ob er sie kannte, oder?«

»Ja, aber Klemme soll trotzdem sein Alibi in der Notaufnahme überprüfen. Dieser Doktor ist mir zu glatt und überlegt, alles an ihm ist berechnend, auch sein Flirtverhalten!«

»Du denkst, er verheimlicht uns etwas?«, wunderte Heike sich.

»Ich weiß es nicht, aber die Tatsache, dass Schwester Benedicta ihn nicht angetroffen hat und trotzdem elf Minuten in seinem Sprechzimmer war, lässt doch nur eine Schlussfolgerung zu!«

»Sie hat etwas gesucht!«, nickte Heike.

»Ja, es muss um einen von Beckmeyers Patienten gehen!«

»Dann brauchen wir seine Patientenliste.«

»Lass dir von der Verwaltung eine Liste von allen Patienten und den behandelnden Ärzten geben. Das dürfte nicht unter die ärztliche Schweigepflicht fallen!«

»Alle Patienten? Auch die von der Kinder- und Neugeborenenstation? Warum?«

»Weil ich nicht will, dass die Gerüchteküche brodelt und das ganze Personal aufgescheucht wird. Die Klinik hat keine hundert Betten und nicht alle Zimmer sind belegt, das ist überschaubar!«

Als sie im Büro der Klinikleitung standen, versicherte die Sekretärin, dass es kein Problem sei, ihnen die gewünschte Liste auszudrucken. Auch die Namen der Nachtschicht aus der Notaufnahme schrieb sie auf einen Zettel und reichte diesen Heike. Offenbar war sie angewiesen worden, der Polizei alle gewünschten Informationen zu geben.

Auf dem Weg zum Parkplatz überflog Heike die Liste. Die Schiebetür des Bullis stand offen und Ulrike wartete angespannt auf Bentes Handzeichen, herausspringen zu dürfen.

»Bingo!«, rief Heike in dem Moment, als Bente die Hand hob und Ulrike wie ein Pfeil auf sie zugeschossen kam.

»Ein Erwin Bress liegt auf Station Eins, der behandelnde Arzt ist Dr. Beckmeyer!«

Bente hob die Augenbrauen. »Bress? Wie Hanne Bress, die Pfarramtssekretärin?«

Kapitel 17

Bente schrieb die Namen Hanne und Erwin Bress auf das Clipboard und zog Verbindungslinien zu dem Pfarrer und der Nonne. Als sie den Stift erneut ansetzte, um Dr. Beckmeyer auf die Tafel zu schreiben, stöhnte sie auf und wischte alles wieder weg. Jetzt teilte sie die Fläche in Kirche und Klinik auf und schrieb die Namen jeweils darunter. Lediglich Pastor Behrend war ausschließlich der Kirche und Dr. Beckmeyer ausschließlich der Klinik zuzuordnen. Schwester Benedicta und Hanne Bress schrieb sie mittig darunter, sie waren mit beiden Einrichtungen in Verbindung zu bringen. Bei Erwin Bress handelte es sich um den Vater der Pfarramtssekretärin. Als Bente und Heike bei einer Krankenschwester nachgefragt hatten, war er in Behandlung einer Physiotherapeutin gewesen. Eine Mobilisierung sei innerhalb der nächsten Woche angestrebt, der Patient habe die Wochen vor der OP im Rollstuhl gesessen und aufgrund seines fortgeschrittenen Alters müsse die Muskulatur erst wieder aufgebaut werden, hatte sie ihnen erklärt. Als Täter schied er damit aus.

Bente räusperte sich und alle sahen von ihren Bildschirmen auf. Sie wandte sich an Hansen: »Hast du die Akte mittlerweile vorliegen?«

»Nein, aber sie ist gefunden und wird gerade eingescannt, müsste also gleich auf Timmes Rechner sein!«

»Okay, dann …« Sie warf Klemme einen fragenden Blick zu. Sein Computer klingelte.

»Flackner«, hob er entschuldigend die Schultern.

»Auf deinem Computer?«

»Ja, er hat Zoom für sich entdeckt, wahrscheinlich hast du seine Videocalls zu oft weggedrückt!«

Bente seufzte. Tatsächlich hatte das unappetitliche Geschmatze von Flackner dazu geführt, dass sie auf das gute alte Festnetz zurückgegriffen hatte. Aber dank seiner Diät war es jetzt vielleicht anders.

»Ganz offensichtlich will er sich über Video mitteilen. Soll ich annehmen?«, grinste Klemme.

Sie schüttelte energisch den Kopf. »Dann lieber Videocall übers Handy, da ist das Display kleiner!« Sie wählte Flackners Nummer.

»Flackner.«

»Brodersen«, erwiderte er trocken. »Ich habe mir die Nonne angesehen und ihre Fingerabdrücke ins System gegeben …«

»Wir haben es gerade herausgefunden«, unterbrach sie ihn. »Sie hieß Stefanie Hehlring und gehörte seit einem halben Jahr als Schwester Benedicta zum Johanniterorden.«

Flackners Gesicht errötete verärgert. »Wieso wurde ich nicht benachrichtigt? Ich hätte mir die Arbeit sparen können!«, schimpfte er.

»Ich benachrichtige dich gerade!«, erwiderte Bente kühl. Ermittlungsergebnisse wurden nicht automatisch mit der Gerichtsmedizin geteilt, das wusste Flackner.

Er schwenkte das Handy zu der blassen Nonnenleiche. Heike schluckte angesichts der großen Ypsilonnaht auf dem Brustkorb.

»Todeszeitpunkt entspricht meiner ersten Aussage zwischen 2 Uhr und 4 Uhr, am ehesten um 3 Uhr plus minus eine halbe Stunde. Todesursache ist die Verletzung der Lunge durch den Messerstich. Sie ist verblutet und an ihrem eigenen Blut erstickt«, berichtete er emotionslos. Er ließ die Handykamera über der Einstichwunde über dem Brustkorb verharren.

Heike drehte sich weg. »Muss ein grausamer Tod sein, an seinem eigenen Blut zu ersticken«, flüsterte sie mitfühlend.

»Es gibt keinerlei Krampfspuren«, fuhr Flackner fort.

»Das heißt, sie hat sich nicht gewehrt, als sie erstochen wurde?«

»Ich sagte Krampf, nicht Kampf!«, korrigierte er herablassend. »Kampfspuren gibt es ebenfalls nicht, das hatte ich bereits im Krankenhaus mitgeteilt!«

Bente stöhnte genervt auf. Fast wünschte sie sich, er würde kauen und schmatzen. »Was sind Krampfspuren?«

»Während des Erstickungsprozesses verkrampfen sich Gefäße und Muskeln. Das ist bei dieser Leiche nicht geschehen.«

Alle im Büro horchten auf.

»Aber bestimmt findet ihr selber eine Erklärung dafür!«, brummte er sarkastisch. Das war seine Retourkutsche für die Identifizierung der Nonne.

»Okay, was bedeutet das?«, ignorierte Bente seinen Sarkasmus.

»Bei einem Erstickungstod, auch durch Eigenblut in der Lunge, müssten bei der Leiche minimale Muskel- und Gefäßverkrampfungen vorhanden sein, die sich nachweisen lassen, zumindest in dieser kurzen Zeitspanne.«

»Und die sind nicht vorhanden?«

»Korrekt!«

»Also war sie schon vorher tot?«

»Nein, eher bewusstlos. Es ist viel Blut aus der Wunde ausgetreten, was auf einen pulsierenden Herzschlag deutet.«

»Im Krankenhaus gibt´s genug Substanzen, um jemanden zu betäuben!«, murmelte Hansen.

Bente nickte. »Gibt es Hinweise darauf?«

»Wenn ein Inhalator im Spiel war, wäre das Betäubungsgas im Blut nicht mehr nachweisbar. Bei einem Anästhetikum, das intravenös verabreicht würde, müssten sich Rückstände im Blut befinden. Ich habe mehrere Proben ins Labor gegeben.«

»Es gibt keine andere Erklärung als Bewusstlosigkeit. Schließlich ist sie nicht hinterrücks erstochen worden, sondern frontal! Wenn jemand ein Messer zieht und mich bedroht, schütze ich meine Brust mit den Armen, oder?«, wandte Bente sich an ihr Team. Alle stellten sich die Situation vor und nickten schließlich.

»Das spricht für ein starkes Beruhigungsmittel, zum Beispiel Benzodiazepine«, bestätigte auch Flackner. »Wir müssen die Laborergebnisse abwarten, aber ich habe noch etwas Interessantes!«

»Schieß los!«

Er richtete die Handykamera auf den Tisch, wo das Messer lag. Ein kleiner Zettel mit einer Nummer hing daran. Es war als Beweisstück nummeriert und katalogisiert worden.

Sie sahen ein graues Messer mit einem dünnen Stahlgriff. Die Klinge war zu beiden Seite konisch abfallend und mit einem welligen Schlangenmuster verziert. »Das ist ein Wurfmesser. Diese Art Messer zeichnen sich durch eine optimale Gewichtstarierung aus. Die Klingen sind nicht scharf, aber spitz«, referierte Flackner, während Klemme das Internet befragte.

»Messerwerfen ist tatsächlich eine Sportart, allerdings hierzulande wenig verbreitet«, las er vom Bildschirm ab.

»Das ist ein Messer mit einer feststehenden Klinge und definitiv länger als 12 Zentimeter, damit fällt es unter das Waffengesetz, oder?«, fragte Heike.

»Ja, aber nur das Mitführen ist verboten, der Besitz ist erlaubt. Man benötigt für den Erwerb einen Altersnachweis, mehr nicht! Es gibt sie online oder in jedem Waffengeschäft«, erklärte Klemme.

»Zumindest ist es eine Spur!« Bente sah auf die Webseite, die Klemme geöffnet hatte. »Die Frage ist, warum ein Wurfmesser? Irgendwelche Vorschläge?«

Alle schüttelten den Kopf, auch Flackner, der interessiert an dem Meeting teilnahm und eifrig bemerkte: »Fingerabdrücke sind keine vorhanden. Der Mörder hat den Griff sorgfältig gereinigt.«

»Okay, wir gehen davon aus, dass Schwester Benedicta bewusstlos war, als das Messer in ihre Brust traf.«

»Oder kann sie fixiert worden sein?«, fragte Heike erschrocken.

Flackner schüttelte den Kopf. »Habe ich auch überlegt, aber dann gäbe es Fesselspuren an den Gelenken.«

»Und was ist mit einer Einstichstelle von einer Injektionsnadel? Hast du das geprüft, Günther?«, meldete Hansen sich zu Wort.

»Ja, habe ich natürlich! Aber ich weiß nicht, ob ich befugt bin, dir als Rentner Auskunft über meine Ergebnisse zu geben, Tammo!«, antwortete Flackner süffisant.

Augenblicklich schrillten die Alarmglocken in Bentes Kopf. Im Gegensatz zu ihrem Team war sie sich bei ihm nicht sicher, wie integer er war. Würde er sich an oberster Stelle über Hansens Anwesenheit beschweren? Noch bevor sie sich eine Antwort überlegt hatte, donnerte Hansen los:

»Vorsicht, Glatteis, mein Lieber! Beim nächsten Skatabend sitzt deine Zunge wieder locker und ich möchte dich nicht daran erinnern, mit welchen Obduktionsgeschichten du dich regelmäßig in den Vordergrund spielst!«

»Touché, war nur Spaß, komm wieder runter«, murmelte Flackner verlegen und fuhr geschäftig fort: »Es gibt keine Einstichstelle, aber sogenannte K.o.-Tropfen könnten eine Erklärung sein.«

Bente stieß unbemerkt den angehaltenen Atem aus. Sie würde mit Hansen reden müssen. Seine Anwesenheit im Büro musste aufhören!

»Wie lange nach Einnahme sind die nachweisbar?«, fragte Klemme.

»Ungefähr zwölf Stunden.«

»Gut, bei einem Todeszeitpunkt zwischen 2 und 4 Uhr sind die noch nicht vorüber!«

Bente ergriff das Wort: »Wir können nicht sagen, wann Schwester Benedicta solch ein Mittel verabreicht wurde. Sicher ist lediglich, dass sie um 20:27 Uhr aus Dr. Beckmeyers Sprechzimmer gekommen und im Fahrstuhl verschwunden ist! Hast du alle Kameraaufzeichnungen aus dem Krankenhaus gecheckt, Timme?«

»Ich bin dabei, aber allein der Zeitraum von 20 Uhr bis 2 Uhr, multipliziert mit der Anzahl der Kameras, ergibt Filmmaterial von über einhundert Stunden«, erklärte er.

»Wenn du für Chips und Bier sorgst, leiste ich dir gern Gesellschaft!«, grinste Flackner ins Handydisplay.

Bente schmunzelte. Manchmal traf er ihren Humor. »Okay, Timme, du konzentrierst dich auf die Aufnahmen und wir versuchen, herauszufinden, wo Schwester Benedicta nach halb neun war.«

»Wenn sie vor dem Messerstich betäubt wurde, muss sie irgendwo zwischenge ...« Heike stockte abrupt.

»Zwischengelagert?«, brummte Hansen.

Heike nickte betreten. »Sorry, hätte nicht gedacht, dass ich bei diesem Job so abstumpfe«, tadelte sie sich selbst. »Ich wollte sagen, dass der Täter sie irgendwo verstecken musste, bevor er sie in das Krankenzimmer schieben und erstechen konnte.«

»Ihr überseht etwas!« Erik schloss die Tür hinter sich. Er hatte Heikes Worte gehört und schüttelte den Kopf. Bente starrte ihn an. Dieser Mann brachte es fertig, dass sie am liebsten aufspringen und ihn küssen wollte! Unwirsch drängte sie den Gedanken beiseite. »Was übersehen wir?«

»Wer die Nonne erstochen hat, beziehungsweise wann!«

»Der Unbekannte im Bademantel ... nein!«, rief Bente und seufzte. »Flackner, kann der Todeszeitpunkt auch um halb zwei gewesen sein?«

»Nein, eher um 3 als um 2 Uhr, keinesfalls vorher!«

»Aber es war nach 1:39 Uhr niemand mehr in dem Krankenzimmer! Du musst dich irren!«

»Brodersen, da geht es um biochemische Prozesse, die keiner von euch studiert hat. Bei Zimmertemperatur setzt die Leichenstarre nach eineinhalb bis zwei Stunden ein. Hat der oder die Tote sich kurz vor Eintritt des Todes extrem sportlich betätigt, sorgt die niedrige Konzentration des Energielieferanten ATP im Blut für einen früheren Eintritt der Totenstarre, aber das trifft für eine Bewusstlose nicht zu und würde den Todeszeitpunkt sogar noch nach hinten verschieben! Ich kann mich nicht irren, weil die Tatsachen feststehen!«

»Dann gibt es einen unsichtbaren Geist in der Klinik, der durch verschlossene Türen gehen kann!«, murmelte Heike.

»Es ist definitiv niemand mehr hinein oder hinaus gegangen, bis die Stationsschwester um kurz vor fünf die Leiche entdeckt hat«, beteuerte Timme.

»Kann es sein, dass Schwester Benedicta sich selbst mit dem Messer umgebracht hat? Das ist doch die einzig logische Erklärung, oder?«, fragte Klemme in die Runde.

»Nein, dann wären ihre Fingerabdrücke am Griff des Messers!«, erklärte Bente gereizt. »Gibt es eine Verbindungstür zu einem der Nachbarzimmer?«

Klemme rief die Datei mit den Fotos des Zimmers auf und öffnete sie auf seinem Bildschirm. »Fehlanzeige, keine weitere Tür!« Er drehte den Monitor in Bentes Richtung.

»Und das Fenster ist geschlossen, also scheidet auch ein Eindringen von außen aus!«, seufzte Bente. »Timme, ich will alle Personen, die zwischen 2 Uhr und 4 Uhr auf dem Flur waren!«

Timmes Finger flogen über die Tastatur und er spielte die Aufnahme der betreffenden Kamera im Schnelldurchlauf ab. Sie sahen die Nachtschwester um 2:53 Uhr in ein Zimmer auf der gegenüberliegenden Seite des Tatortzimmers gehen und nach zweiunddreißig Sekunden wieder herauskommen. Um 3:14 Uhr ging die gleiche Schwester vom Stationszimmer zur Personaltoilette und nach zwei Minuten auf direktem Weg zurück.

»Das war´s!«, sagte Timme und lehnte sich in seinem Stuhl zurück.

»Das gibt´s doch nicht!«, stöhnte Bente. »Wie ist sie dann ermordet worden?«

»Und vor allen Dingen, von wem?« Heike schüttelte ratlos den Kopf.

Ein Kollege von der Wache streckte seinen Kopf durch die Tür und wandte sich an Erik: »Gerade kam ein Anruf und du hast gesagt, wir sollen alles, was mit dem Krankenhaus zu tun hat, direkt an die Kripo weitergegeben.«

Erik nickte. »Worum ging es?«

Bente warf ihm einen dankbaren Blick zu. Auf ihn konnte sie sich verlassen, im Job und auch privat!

»Es gab einen Unfall in der Tiefgarage der Klinik.«

»Das ist doch kein Zufall!«, brummte Hansen durch seinen Bart.

»Wissen wir Näheres?«, wandte Bente sich an den jungen Kollegen.

»Nur, dass es einen Verletzten gibt. Die Streife ist unterwegs und ein RTW ist ja nicht nötig.«

»Timme, du bleibst an diesen Videoaufnahmen, und Klemme, von dir will ich alles über die Nonne, den Pastor, Dr. Beckmeyer, Hanne Bress und ihren Vater wissen. Im besten Fall findest du irgendeine Verbindung!«

Beide nickten.

»Heike, wir fahren in die Klinik!« Sie griff zu dem Autoschlüssel und ihrem Handy. »Flackner? Bist du noch dran?«

»Ja, ich hoffe nur, dass du mir keine weitere Leiche bringst!«

Als Bente in der Tür stand, hörte sie den Kollegen von der Wache verwundert ausrufen: »Ist das ein Lepestock?« Sie stoppte abrupt und sah ihn auf Klemmes Bildschirm starren, auf dem immer noch die Fotos von der SpuSi zu sehen waren.

»Das Messer!«, erklärte er und zeigte auf das Foto, wo die Tatwaffe im Brustkorb der Nonne steckte. »Ein Lepestock! Das ist vom russischen Großmeister Vitali Sergej Krovrov!«

Kapitel 18

Um die Musikmuschel herum drängte sich das Publikum und Silke Fechter wuchs über sich hinaus. Konzentriert erfüllte sie die Anforderungen an die Regie- und Aufnahmeleitung. Sie kannte die Aufgaben und den Ablauf wie keine andere, schließlich war sie seit zwei Jahren Jochens Assistentin, aber noch nie hatte sie die Anweisungen gegeben.

Die mobilen Kamerateams an den vier Expertentischen arbeiteten teils simultan. Ein Team hatte sich draußen auf der Promenade unter die Zuschauer gemischt und fing Besucherstimmen ein. Mehrere Besitzer von Raritäten wurden unter laufender Kamera zu den Tischen auf der Bühne geleitet, um die Meinung der Experten einzuholen. Natürlich handelte es sich ausschließlich um gecastete Personen, aber das wussten weder das Publikum noch die Fernsehzuschauer. Silke verfolgte die Aufnahme der Dame mit dem Brillantcollier am Tisch der Juwelierin. Sie gab das vereinbarte Zeichen und Horst Lichter trat zu der Dame. Der Smalltalk zwischen ihm und den Gästen gehörte zu den stärksten Minuten der Sendung. Die meisten Kommentare in den sozialen Medien bezogen sich auf diese Begegnungen. Nach wenigen Sätzen hatte Horst das Publikum gefesselt und Silke zollte ihm wieder einmal Respekt. Sie wusste, dass er vor laufender Kamera zur Höchstform auflief, aber sein Geheimnis bestand darin, dass er auch privat genauso fröhlich und verbindlich war. Das spürten die Zuschauer und deshalb flogen ihm die Herzen zu.

»Silke?«, vernahm sie eine Stimme hinter sich.

Sie winkte ab, ohne sich umzudrehen.

»Silke, es ist dringend!«

Unwirsch drehte sie sich zu Moni, der Redaktionsassistentin, um. »Was ist?«

»Der Wachmann hat angerufen, dass der Besitzer des Motorrades die Maschine aus der Tiefgarage holen will«, raunte sie ihr zu.

Silke sah auf die Uhr. »Jetzt? Er ist erst in zwei Stunden dran!«

»Das weiß ich, aber er will wegfahren!«

»Nein, auf keinen Fall!«

»Er besteht darauf.«

»Dieser smarte Österreicher geht mir langsam auf die Nerven mit seinen Extratouren!« Silke bedeutete der Redakteurin des Teams, dass sie gleich wiederkommen würde, und folgte Moni. »Wo ist er jetzt?«

»Bei dem Wachmann in der Tiefgarage.«

»Ich kümmere mich darum, du bleibst hier auf meinem Posten!«, erklärte sie und ging eilig zum *Miramar.* Auf dem Weg wählte sie wieder Jochens Nummer und war nicht überrascht, dass die Mailbox ranging. Dann wählte sie die Nummer der Rechtsabteilung vom Sender und schilderte dem Anwalt das Problem. Zwei Minuten später stand sie vor Matthias Rescher.

»Gut, dass Sie kommen, Ihr Securitymann hindert mich daran, mein Motorrad zu starten!«, grollte er in breitestem Österreichisch. Der Dialekt hörte sich unfreiwillig niedlich an, aber Silke bemerkte seine Wut. Sie nickte dem Securitymitarbeiter zu. »Gut gemacht!«

Dann wandte sie sich kühl an Herrn Rescher: »Sie können die Maschine jetzt nicht wegfahren. Wir drehen bereits und Sie stehen mit dem Motorrad auf dem Plan.«

»Aber erst in zwei Stunden!«

»Voraussichtlich ..., Sie sind auf Abruf und bekommen Bescheid, wann Sie zur Bühne fahren sollen! Wo wollen Sie denn überhaupt hin?«

Rescher schwieg und trat unbehaglich von einem auf den anderen Fuß. »Ich will einfach nur eine Runde drehen! Sie können mich nicht daran hindern, das Motorrad ist mein Eigentum!«, erklärte er trotzig.

Jetzt raubte ihr sein Dialekt den letzten Nerv. »Das kann ich sehr wohl! Sie haben einen Vertrag unterschrieben und der zuständige Anwalt des Senders hat mir soeben bestätigt, dass wir Schadensersatzansprüche geltend machen, die den Wert ihres Motorrads weit übertreffen, sollten Sie sich nicht zu unserer Verfügung halten!«

»Sie bluffen!«, entgegnete er.

»Glauben Sie?«, fragte sie, um Gelassenheit bemüht. »Haben Sie gesehen, wie viele Mitarbeiter an dieser Sendung beteiligt sind, wie viel Aufwand hier betrieben wird? Haben Sie eine ungefähre Vorstellung davon, was die Produktion einer solchen Sendung kostet?«

»Das Motorrad gehört immer noch mir!« Seine Selbstsicherheit bröckelte.

»Daran zweifelt auch keiner!« Silke fragte sich, was sein Problem war. Der Vertrag war eindeutig, aber letzten Endes oblag es ihm, das Motorrad zu verkaufen. Für die Durchführung der Sendung war es unerheblich, wichtig waren die Bilder mit Horst, die Schätzung und Expertise am Expertentisch, und dass das Motorrad zu den Händlern kam, um das Bieterverfahren filmen zu können. Was danach geschah, war zweitrangig. Allerdings durfte er vor laufender Kamera nicht sagen, dass er sein Motorrad nicht mehr verkaufen wollte. Das musste sie jetzt und hier klären! »Wollen Sie denn nicht mehr verkaufen?«

»Doch, schon, aber…«, verlegen brach er ab.

»Aber was, Herr Rescher?« Sie hatte weder Zeit noch Lust, sich mit ihm zu streiten.

»Ich habe einen Interessenten, der mehr bietet!«

Silke Fechter stöhnte verächtlich auf. Es ging um Geld. Wie immer ging es um Geld. »Verkaufen Sie, an wen Sie wollen, aber erst nach der Sendung! Verstehe ich Sie richtig, dass Sie das Motorrad in der Sendung nicht verkaufen wollen?«

»Nur, wenn der andere Interessent es nimmt, sonst schon, deswegen will ich das ja jetzt klären!«

»Wir sind hier nicht bei *Wünsch dir was*, Herr Rescher! Wir bestehen auf Erfüllung des Vertrages. Das Motorrad bleibt bis zum Ende der Sendung hier, ansonsten verklagen wir Sie. Ein Sendungsausfall kostet schnell mehrere Hunderttausend! Ich habe gehört, Sie besitzen eine ganze Sammlung von historischen Motorrädern. Die würden alle unter den Hammer kommen, das garantiere ich Ihnen!«

An Reschers Blick erkannte Silke, dass sie gewonnen hatte. »Dann sind wir uns ja einig, Herr Rescher!« Sie wandte sich an den Wachmann: »Sie sorgen dafür, dass die Maschine nachher an der Promenade steht. Ich schicke Ihnen rechtzeitig ein Kamerateam vorbei.«

Ihr Handy klingelte. Jochen!

»Endlich! Wo ...«

Dann wurde sie von einer fremden Stimme unterbrochen.

Kapitel 19

Endlich hatten die Polizei und alle Hochzeitsgäste das Kirchengelände verlassen. Hanne Bress setzte sich zitternd in die erste Bankreihe und faltete die Hände. »Vater im Himmel, hilf mir, zu verstehen ...«, murmelte sie schluchzend. Sie starrte auf den Altar und die Fülle der Erinnerungen lastete auf ihren Schultern. Mit einem verzweifelten Stöhnen erhob sie sich, eilte zu dem Jesuskreuz und kniete nieder. »Erlöse mich von dem Bösen ...«, rief sie klagend.

Mittlerweile arbeitete sie seit über 35 Jahren als Pfarramtssekretärin in St. Severin. Diese Kirche war ihre Heimat, hier war sie getauft und konfirmiert worden und hier würde sie ihre letzte Ruhe finden! Hanne Bress warf einen Blick zurück über die Schulter und schauderte. In dem Kirchturm wohnte der Fluch! Er hatte sich weder einmauern noch vergessen lassen, seit jeher war er das Bauwerk des Satans! Wie von unsichtbaren Fäden gezogen ging sie zu der doppelflügeligen Tür zum Turm und trat hinein. Erneut schluchzte sie auf und hockte sich vor die Kreideumrandung von Pfarrer Behrends Leiche. Der feine, rote Ziegelstaub färbte den Umriss rosa. Er war dem Fluch zum Opfer gefallen! Wo Gott wohnte, war der Teufel nicht weit, das wusste sie seit frühester Kindheit. Ihre Eltern hatten sie gelehrt, dass Gottes Gnade und Güte unendlich seien, aber der Teufel alles daran setze, die Menschen in Versuchung zu führen. Ehrfürchtig hatte sie den Geschichten gelauscht und allabendlich gebetet, nicht vom rechten Weg abzukommen. Aber seit sie im Alter von sieben Jahren vor dem aufgebahrten Sarg ihres Großvaters gestanden hatte, war der Zweifel ein fester Bestandteil ihres Denkens geworden. Als ihre Mutter sie Jahre später über die Umstände seines Todes aufgeklärt hatte, war die Gewissheit, dass sie für den Tod des Großvaters verantwortlich war, noch bekräftigt worden. Hier in St. Severin waren über Generationen alle Mitglieder ihrer Familie begraben worden. Sie hatte die Kirchenbücher studiert und war auf mehrere ungeklärte Todesfälle gestoßen. Ihre Familie musste schon lange auserwählt sein, den Fluch weiterzugeben! Sie war das einzige Kind ihrer Eltern und somit die letzte Nachfahrin einer Sippe, die seit jeher vom Satan gepeinigt worden war. Die Schuld am Tod ihres Großvaters lastete ungesühnt auf ihrem Gewissen und trotz ihres gottesfürchtigen Verhaltens war der Fluch nicht von ihr gewichen! Verzweifelt schloss sie die Augen und wandte sich erneut an Gott: »Welche Sünde habe ich begangen, dass Du mir diese Last auferlegst? Hilf mir, zu erkennen, was ich tun kann, um den Bann zu brechen, darum bitte ich Dich gnädigst, allwissender Vater!«

Sie schaute hinauf zu den Glocken. Warum war Pastor Behrend ein weiteres Opfer geworden? Was hatte sie getan?

Entschlossen richtete Hanne Bress sich auf und spürte die Kälte, die diese Mauern ausstrahlten, in ihren Knochen. Es war an der Zeit, dieses unrühmliche Kapitel zu beenden! Eine wohlige Wärme breitete sich in ihr aus. Gott hatte ihr eine Antwort gegeben! Dankbar richtete sie ihren Blick gen Himmel. Sie wusste, was zu tun war, um den Fluch ein für alle Mal von St. Severin zu nehmen!

Kapitel 20

Bente startete den Bulli und sah zu Heike, während sich ihr Handy mit der Lautsprechereinrichtung verband. »Flackner, wir sind jetzt unterwegs und ich brauche noch deine Ergebnisse über die Obduktion von Pfarrer Behrend, bist du fündig geworden?«

»Nein, nichts deutet auf Fremdverschulden hin!«, antwortete Flackner.

»Und wie erklärst du dir dann die fehlenden Fingerabdrücke am Rand des Loches im Glockenraum?«

»Das zu klären, ist eure Aufgabe, aber wenn du mich schon fragst, muss es so gewesen sein, dass er gesprungen ist, als die Glocke zur Seite geschwungen ist. Ich habe mir die Fotos genau angesehen. Es ist die einzige Möglichkeit, durch das Loch zu springen, ohne sich abzustützen!«

»Laut Aussagen der Zeugen haben die Glocken tatsächlich geläutet«, nickte Heike eifrig. »So muss es gewesen sein!«

Bente murmelte nachdenklich: »Was hast du noch?«

»Im Labor wird sein Blut untersucht, die Ergebnisse stehen noch aus.«

»Okay, vielleicht bringt uns das weiter.«

»Was genau suchst du, Brodersen?«, stöhnte Flackner. »Niemand war oben im Glockenraum, als er hinunterstürzte. Selbst wenn wir Substanzen in seinem Blut finden, bleibt es Selbstmord!«

»Du hast recht, Flackner, aber mein Gefühl sagt mir etwas anderes! Bisher bin ich immer gut beraten gewesen, auf dieses Gefühl zu hören, also finde irgendeinen Beweis, der meine Mordtheorie stützt!«, erwiderte Bente gereizt.

»Ich verlasse mich auf die Wissenschaft, auch wenn es bei dem Toten um einen Mann Gottes geht. Deine Gefühle oder ein auf der Kirche lastender Fluch ändern nichts an meinen Ergebnissen!«

»Stell meinen kriminalistischen Instinkt nicht auf eine Stufe mit den wirren Aussagen über einen Fluch! Zwei Todesfälle aus dem Umfeld dieser Kirche an einem Tag sind kein Zufall, dabei bleibe ich!« Bente lenkte den VW-Bus in die Tiefgarage der Nordseeklinik und korrigierte sich leise: »Drei.«

»Drei? Was soll das heißen?«, rief Flackner alarmiert, während sie rückwärts einparkte.

»Drei Todesfälle!«, antwortete Heike und starrte auf den Wagen neben sich. Ein offensichtlich toter Mann hing mit dem Oberkörper über dem geöffneten Kofferraum.

»Flackner, komm mit deinem Team in die Tiefgarage der Klinik. Diese dritte Leiche beweist hoffentlich auch dir, dass es nicht um Selbstmorde oder Unfälle geht!« Damit beendete Bente das Telefonat und stieg aus. Auf ihre stumme Frage schüttelten die Sanitäter wortlos den Kopf. Sie wandte sich an einen der Kollegen von der Streife: »Was ist passiert?«

Er zeigte auf einen Mann, der einige Meter weiter von zwei Sanitätern betreut wurde. »Herr Meier ist nach einem

Besuch bei seiner Frau mit dem Fahrstuhl in die Tiefgarage gefahren und hat den Toten gefunden. Er hat uns und auch die Rettung angerufen, aber jede Hilfe kam zu spät.«

Bente sah auf die Leiche, während Heike sich abwandte und zu Herrn Meier ging.

»Die Parkplätze sind leicht abschüssig. Offenbar hat er etwas aus dem Kofferraum holen wollen, der Wagen ist ins Rollen gekommen und hat ihn zerquetscht«, erklärte der Polizist kopfschüttelnd. »So ein Volvo V90 wiegt zwei Tonnen!«

Bente warf durch das Fahrerfenster einen Blick in das Wageninnere. »Es ist kein Gang eingelegt!«

»Wahrscheinlich rausgesprungen, ist mir auch schon passiert!«, seufzte der Beamte.

An die Mauer gelehnt ließ sie sich auf den Boden sinken und ging in Liegestützposition, um unter das Auto zu sehen. Dann umrundete sie den Wagen und inspizierte den Boden auf der anderen Seite der Leiche. »Nein!« Sie rieb sich die staubigen Hände an der Hose sauber. »Das ergibt keinen Sinn!«

Irritiert fragte der Polizist: »Wieso?«

»Der Kofferraum ist leer und auf dem Boden liegt nichts. Warum also hätte der Tote den Kofferraum öffnen sollen, wenn er weder etwas hineinlegen noch herausholen wollte?«

»Stimmt, das ist ungewöhnlich!«

Bente suchte die Decke der Tiefgarage nach Kameras ab und der Beamte erklärte eifrig: »Wir haben schon nachgefragt, nur der Bereich vor den Fahrstühlen und dem Treppenhaus sind videoüberwacht.«

»Okay, wir brauchen die Aufnahmen der letzten Stunde!« Sie streife sich Latexhandschuhe über und öffnete die

Fahrertür. Auf dem Beifahrersitz lag ein Herrenblouson und darunter ein Spiegelanhänger der Autovermietung, von der dieser Volvo gemietet war. In der Jackeninnentasche fühlte sie ein Portmonee und ein Handy. Auf dem Display stand die Nachricht, dass siebzehn Anrufe in Abwesenheit eingegangen waren. Entschlossen trat sie zu der Leiche. Sie hielt das Display auf Armeslänge vor das Gesicht des Toten und es entsperrte sich prompt. Alle Anrufe waren von einer Silke eingegangen. Bente wählte die Nummer und setzte sich wieder auf den Fahrersitz, wo sie das Portmonee aufklappte.

»Endlich, Jochen! Wo ...«

»Hier ist Kriminalhauptkommissarin Brodersen. Wer sind Sie?«

»Silke Fechter, aber warum ...?«

Wieder unterbrach Bente sie. »Befinden Sie sich auf Sylt?«

»Ja.«

»Können Sie sofort in die Nordseeklinik kommen?«

»Oh nein, hatte Jochen einen Unfall?«

»Ja, kommen Sie bitte in die Tiefgarage der Klinik.«

In diesem Moment traf Flackner ein und Bente legte die Stirn in Falten, als er mit quietschenden Reifen zu der Unglücksstelle preschte und mit einer Vollbremsung einen Meter vor der Motorhaube des Volvos zum Stehen kam. Dachte dieser Rechtsmediziner, er spiele die Hauptrolle in *Miami Vice*? Verärgert stieg sie aus dem Volvo und stand vor Flackner, der sich einen Overall überzog und strahlend verkündete: »Frei nach Rudi Carell spielen wir Leichen am laufenden Band!« Beifallheischend sah er zu seinem Team und schließlich zu Bente.

»Brich diese Diät ab, Flackner! Essensentzug befeuert deine fehlende Empathie, das ist abstoßend!«, bemerkte sie kalt.

Kichernd und unbeeindruckt beugte Flackner sich über die Leiche. »Du glaubst nicht an einen Unfall, richtig?«

»Richtig!«

Leise vor sich hin murmelnd bückte er sich, tastete die Füße und Beine des Toten ab und sah unter den Wagen. »Das erinnert mich an Pavel Chekov!«

»Wer ist das?«

»Der Navigator von der Enterprise!« Flackner bemerkte Bentes Ratlosigkeit und stöhnte ungläubig auf. »Schon mal was von *Star Trek* gehört, Brodersen?«

»Das hier ist kein Science-Fiction-Film, Flackner, dieser Mann ist keines natürlichen Todes gestorben!«

»Oder einfach von einem ins Rollen gekommenen Wagen zerquetscht worden, so wie der Schauspieler Pavel Chekov! Nur weil er der dritte Tote an einem Tag ist, kann ich einen Unfall nicht ausschließen!« Er hob den Kopf des Toten an. »Brustkorb und Lunge wurden zerquetscht, er hat innere Verletzungen erlitten und Blut gespuckt.«

Bente war froh, dass Heike den Zeugen befragte und Flackners nüchternen Worte nicht hörte. »Was hätte er am Kofferraum gewollt?«, fragte sie und Flackner schaltete sofort. »Es gab keinen offensichtlichen Grund, aber vielleicht hat er etwas gesucht, was er im Kofferraum vermutete?«

»Das ist ein Mietwagen.«

Mit neuerwachtem Interesse widmete er sich der Untersuchung der Leiche, während Bente sich den Ausweis des Toten ansah.

»Jochen Pahlmann«, murmelte sie und holte einen weiteren Ausweis hervor. »Er war beim ZDF.«

»Wird wahrscheinlich zu der Crew von *Bares für Rares* gehören, die drehen zur Zeit auf der Insel«, bemerkte Flackner, ohne den Blick von der Leiche abzuwenden.

Heike kam von der Zeugenbefragung zurück. »Herr Meier hat seine Frau auf Station 2 besucht. Er ist vor zirka fünfundzwanzig Minuten aus dem Fahrstuhl getreten und hat den offenen Kofferraum sofort bemerkt. Auf sein Rufen kam keine Antwort und dann hat er den eingequetschten Mann gesehen und sofort die 110 gewählt. Er steht unter Schock und wird ambulant behandelt.«

»Hat er noch gelebt?«, fragte Flackner, wieder ohne aufzusehen.

»Er sagte, er habe ein Röcheln gehört« erklärte Heike. »Die Sanitäter waren drei Minuten später zur Stelle und konnten nur noch den Tod feststellen.«

»Überprüfe an Rezeption und Notaufnahme, ob Jochen Pahlmann wegen einer medizinischen Behandlung hier war«, wies Bente ihre junge Kollegin an. »Er muss ja einen Grund gehabt haben, in dieser Tiefgarage zu parken!« Sie zeigte Heike den Ausweis des ZDFs. »Wahrscheinlich gehört er zum Fernsehteam, wir fahren gleich zur Promenade, da wird doch gedreht, oder?«

Bente drehte sich wieder zu Flackner. Einer seiner Mitarbeiter fuhr den Volvo gerade ein Stück vor, damit der Leichnam geborgen werden konnte. »Wir brauchen sofort die Aufnahmen der Videoüberwachung!«, wandte sie sich an einen weiteren SpuSi-Mitarbeiter und starrte auf den toten Jochen Pahlmann. »Was hattest du mit Schwester Benedicta und Pastor Behrend zu tun?«, murmelte sie vor sich hin. Es musste eine Verbindung geben und genau da würden sie ein Motiv für diese drei Morde finden! War die Nonne im

Zimmer von Dr. Beckmeyer auf eine Information gestoßen und musste deshalb sterben? Und ging es dabei um den Doktor, der ein Alibi hatte, oder um einen seiner Patienten? Bente schüttelte den Gedanken ab. Der Vater von Hanne Bress lag in einem der Belegbetten des smarten Orthopäden. Außerdem stand die Pfarramtssekretärin in direkter Verbindung zum Pastor! Ihr Handy klingelte. »Klemme, was gibt´s?«

»Chef, ich bin die Aufnahmen durchgegangen, um das Alibi von Dr. Beckmeyer zu überprüfen. Er scheidet als Täter aus, seine Angaben stimmen, er hat von 1:50 Uhr bis 4:38 Uhr mit den zwei Rettungssanitätern in der Notaufnahme gesessen!«

»Okay, das war alles?«, hakte Bente nach. Es war spooky, dass sie gerade an Beckmeyer gedacht hatte. Klemme schien direkten Zugang zu ihren Gedanken zu haben, zumindest war es schon häufig vorgekommen, dass er punktgenau anrief.

»Nein, ich habe eine andere Person auf dem Flur entdeckt.«

»Spann mich nicht auf die Folter, Klemme! Sag, wen!«

»Um 19:44 Uhr ist Hanne Bress in das Sprechzimmer des Doktors gegangen!«

»Nein!«, entfuhr es Bente. Das war tatsächlich eine Neuigkeit.

»Sie geht zielstrebig auf die Tür zu, klopft, tritt ein und schließt die Tür hinter sich. Nach fünfzehn Sekunden kommt sie wieder raus und steigt in den Fahrstuhl.«

»In der kurzen Zeit wird sie kaum etwas gesucht haben«, seufzte Bente. Eindeutig brachte diese Beobachtung Hanne Bress in den Fokus der Ermittlungen, aber als Mörderin von Schwester Benedicta schied sie aus, zumindest wenn es sich dabei um die große, athletische Person im Bademantel handelte.

»Klemme, gute Arbeit! Bin gespannt, ob du sie noch auf anderen Aufnahmen findest!«

»Bin schon dabei, ihren Weg durch die Klinik nachzuverfolgen, Chef!«

Bente wunderte sich nicht mehr darüber, dass Klemme und Timme sie mit Chef ansprachen. Was mit einem Versprecher an ihrem ersten Arbeitstag begonnen hatte, war eine Art Spitzname geblieben. Nur Heike nannte sie manchmal Chefin, aber meist nutzte sie den Nachnamen. Bente war, trotz allen Respekts, Teil des Teams und selbst nicht zimperlich im Umgang mit Spitznamen. »Klemme, ich brauch auch noch alle Informationen über einen Jochen Pahlmann!«

»Ist das der Verletzte aus der Tiefgarage?«

»Er ist tot, von seinem Auto zerquetscht. Ich will wissen, ob es irgendeine Verbindung zu den anderen beiden Toten gibt.«

»Ich werde von Kriminalhauptkommissarin Brodersen erwartet! Lassen Sie mich durch!«, rief eine junge Frau und Bente beobachtete, dass sie versuchte, hinter die Polizeiabsperrung zu gelangen. Als Flackner sich erhob und damit den Blick auf die Leiche freigab, schrie sie entsetzt auf. »Ist er…?«

Bente eilte zu ihr, darauf bedacht, den Toten von ihr abzuschirmen. »Ich bin Kriminalhauptkommissarin Brodersen. Sie sind Silke Fechter?«

»Ja … er ist tot?«, schluchzte die Frau.

Bente nickte. »Woher kannten Sie sich?«

»Ich versuche bereits den ganzen Tag, ihn zu erreichen, ich bin seine Assistentin und wir drehen seit 11 Uhr eine Sendung auf der Promenade«, schniefte sie.

»Wann haben Sie Herrn Pahlmann zuletzt gesehen?«

»Heute Morgen bei der Teambesprechung im *Miramar*-Hotel, danach nicht mehr.«

»Hatte er nach der Besprechung Termine?«

»Nein, er hatte angeordnet, dass die Hochzeitsfahrt mit dem Beiwagenmotorrad gefilmt werden sollte und dann war er nicht am Set, als es losging!«

»Das war sein Kamerateam bei der Hochzeit in Keitum?«, versicherte Bente sich, kannte die Antwort aber bereits. Die Aufnahmen von Pastor Behrend am Motorrad kannte sie. »Warum wurde kurzfristig beschlossen, die Hochzeit zu filmen?«

Silke Fechter erklärte: »Jochen war aufgebracht, weil die Beiwagenmaschine das Highlight unserer Sendung ist, *Bares für Rares*, das kennen Sie sicher, oder? Egal, aber Jochen hatte natürlich recht, dass wir die Bilder von der Hochzeitsfahrt reinschneiden können, das wollte er sich nicht entgehen lassen!«

»Das heißt, er ist zu dieser Hochzeit nach Keitum gefahren? Ist das üblich?«

Langsam schüttelte Silke Fechter den Kopf. »Nein, soweit ich mich erinnere, ist es noch nie vorgekommen, dass er sich für die Nebenschauplätze interessiert hat«, sagte sie leise. »Jetzt, wo ich darüber nachdenke, war er nach der Besprechung auch irgendwie anders als sonst, irgendwie nervös und angespannt. Wie ist er denn gestorben? War es ein Unfall?«

»Die Untersuchungen laufen noch«, wich Bente professionell aus. »Er ist von dem Wagen zerquetscht worden.«

Sie wurde erneut von ihrem Handyklingeln unterbrochen und sah aufs Display.

»Klemme, was gibt´s?«

»Hansen hat die Akte und, Moment, ich reich mal weiter!« Bente hörte Hansens Aufregung, noch bevor er anfing, zu reden. Sein tiefes Einatmen verriet ihn.

»Die Frau, die sich vor zwanzig Jahren vom Kirchturm in St. Severin gestürzt hat, hieß Melanie Pahlmann.«

Kapitel 21

Als Bente und Heike den Flur auf Station 1 entlanggingen, trat Andrea Denker aus der Personalküche und stampfte bei ihrem Anblick ärgerlich mit dem Fuß auf. »Was wollen Sie schon wieder?«

Bente erwiderte ruhig: »Drei ungeklärte Todesfälle an einem Tag, davon zwei in dieser Klinik! Ich rate Ihnen, sich kooperativ zu verhalten, andernfalls werde ich andere Saiten aufziehen! Und warum sind Sie schon wieder auf Station 1, Sie leiten doch Station 3, oder?«

Schwester Andrea schien überrascht, fing sich aber sofort. »Ihretwegen muss ich heute zwei Stationen leiten!«

Bente verzichtete darauf, zu erklären, dass die Krankmeldungen nicht ihre Schuld waren. »Gut, dann sprechen wir jetzt noch einmal mit Dr. Beckmeyer und sie trommeln alle Mitarbeiter zusammen, damit wir sie befragen können!«

Empört holte Andrea Denker tief Luft, besann sich dann aber anders. »Wie Sie meinen, aber versetzen Sie sich bitte in die Lage der Patienten! Wenn Sie selbst einmal auf Hilfe im

Krankenhaus angewiesen sind, hoffe ich, dass keine Polizeiermittlung diese Hilfe verhindert!«

Bente starrte sie fassungslos an. »Wenn Sie einmal Opfer eines Verbrechens sein sollten, dann werden sie sich wünschen, dass die Polizei ungehindert ihre Arbeit verrichten kann!« Damit wandte sie sich um und ging zur Tür von Dr. Beckmeyers Sprechzimmer.

»Er macht eine Pause. Da fährt er meist eine halbe Stunde Fahrrad.«

»Haben Sie hier einen Fitnessraum?«, fragte Heike erstaunt.

»Nein, er setzt sich auf sein Rad und tritt in die Pedale!«

»Haben Sie diese Frau gestern oder heute hier gesehen?« Heike zeigte Schwester Andrea ein Foto von Hanne Bress auf ihrem Handy.

»Nein.«

Heike rief das Foto von Jochen Pahlmann auf und hielt es ihr vors Gesicht. »Und diesen Mann?«

»Ja, er war hier, aber als ich ihn fragte, ob ich helfen kann, ist er ohne ein Wort gegangen!«

»Wann war das?«, hakte Bente sofort nach.

»Vor ungefähr einer Stunde.«

»Ist Ihnen etwas an ihm aufgefallen oder hat er vielleicht mit Ihnen gesprochen?«

Sie schüttelte den Kopf.

In diesem Augenblick trat Beckmeyer verschwitzt in den Flur. Als er die Kommissarinnen erblickte, rief er erstaunt: »Wollen Sie zu mir?«

Bente nickte.

»Geben Sie mir ein paar Minuten, ich ziehe mich kurz um.« Mit diesen Worten öffnete er die Tür zu seinem

Sprechzimmer und bevor er sie hinter sich schließen konnte, war Bente bei ihm.

»Nicht nötig, die Beantwortung unserer Fragen beansprucht nicht viel Zeit und duldet keinen Aufschub!«

»Geht es noch einmal um die Nonne?«

Bente schüttelte den Kopf. »Sagt Ihnen der Name Jochen Pahlmann etwas?«

Er runzelte nachdenklich die Stirn. »Ist das ein Patient?«

»Das fragen wir Sie!«

Heike zeigte ihm das Bild von Pahlmann auf ihrem Handy.

»Nein, tut mir leid.«

»Was wollte Hanne Bress gestern von Ihnen?«

»Bress? Erwin Bress ist einer meiner Patienten und liegt hier auf Station 1.«

»Hanne Bress ist seine Tochter«, klärte Heike ihn auf und hielt ihm das Foto von der Pfarramtssekretärin hin.

»Ich kann mich beim besten Willen nicht auch noch an die Familienmitglieder meiner Patienten erinnern, tut mir leid. Aber was haben diese Personen mit der toten Nonne zu tun?«

Heike ignorierte seine Frage. »Vor einer knappen Stunde ist es in der Tiefgarage zu einem Unfall mit Todesfolge gekommen.«

Dr. Beckmeyer hob fragend die Augenbrauen. »Deswegen das Polizeiaufgebot vor der Klinik?«

»Ja, steht Ihr Wagen unten in der Garage?«

»Nein, ich versuche, mich fit zu halten und fahre mit dem Fahrrad zur Arbeit, also zumindest im Sommerhalbjahr. Was ist denn passiert?«

Bente sah ihn konzentriert an, konnte aber in seiner Mimik nichts als Interesse erkennen. »Ein Mann ist von seinem rollenden Auto an die Wand gequetscht worden und seinen inneren Verletzungen erlegen.«

»Oh, da gab es doch mal diesen Schauspieler ...«, murmelte er halblaut und schüttelte sich. »Schrecklicher Unfall!« Dann starrte er Bente an. »Sie glauben, es war kein Unfall!«

»Was ich glaube, ist nicht von Bedeutung, aber wir suchen nach dem Grund, weswegen der Tote in der Klinik war.«

»Da kann ich Ihnen nicht helfen!«

»Ist Ihnen etwas eingefallen, was Schwester Benedicta an dem Abend vor ihrer Ermordung in Ihrem Sprechzimmer gewollt haben könnte?«

Beckmeyer zuckte mit den Schultern. »Nein, tut mir leid. Bin ich dadurch verdächtig?«

Bente schüttelte den Kopf. Er hatte ein eindeutiges Alibi für den Todeszeitpunkt der Nonne und offensichtlich war er mit dem Rad unterwegs gewesen, als Jochen Pahlmann gestorben war.

»Hanne Bress war gestern Abend eine halbe Stunde vor Schwester Benedicta hier in Ihrem Büro.«

Dr. Beckmeyer stöhnte auf. »Wie nachlässig von mir, dass ich wieder nicht abgeschlossen hatte!«

»Gut, dann werden wir Herrn Bress aufsuchen, oder spricht aus Ihrer Sicht etwas gegen eine Befragung?«

»Nein, keine Einwände, er hat eine neue Hüfte bekommen und muss noch einige Tage bleiben, aber bestimmt freut er sich über Besuch!«

Während Heike auf allen Stationen, im Café und an der Information Pahlmanns Foto zeigen wollte, um Zeugen zu finden, die ihn in der Klinik gesehen hatten, ging Bente zu Erwin Bress. Als sie vor seinem Zimmer stand, rief Klemme an.

»In der Akte von Melanie Pahlmann ist nicht nur Pastor Behrend, sondern auch Hanne Bress als Zeugin vermerkt. Sie ist siebenundfünfzig Jahre alt, in Keitum geboren und wohnt immer noch in ihrem Elternhaus, mittlerweile allein mit ihrem Vater. Nach der Bürokauffrau-Lehre in Westerland hat sie als Bürokraft in St. Severin angefangen und ist bis heute dort angestellt.«

»Gut, dann wird sie uns was zu diesem Selbstmord sagen können! Vielleicht kennt sie sogar Jochen Pahlmann!«, seufzte Bente. Es war unvorstellbar für sie, auf dieser Insel geboren und nie über den Tellerrand hinausgekommen zu sein, nicht mal für ein paar Jahre während der Ausbildung. »Und ausgerechnet Melanie Pahlmanns Bruder stirbt nach zwei Todesfällen, die mit dieser Kirche in Zusammenhang stehen!«

»Ich weiß nicht, damals gab es reichlich Zeugen, die den angekündigten Selbstmord gehört haben, da lässt sich nichts dran rütteln!«, erklärte Klemme bestimmt.

»Behrends Tod sieht auch nach Suizid aus und es gibt erhebliche Zweifel daran«, konterte Bente und beendete das Telefonat.

Plötzlich wurde ihr klar, dass es sich aller Wahrscheinlichkeit nach um eine Mordserie handelte, deren Motiv bei dem vermeintlichen Selbstmord von vor zwanzig Jahren lag. Sie drückte die Klinke herunter und trat in das Einzelzimmer. Am Fenster stand ein Mann mit dem Rücken zu ihr und sah hinaus. Er trug einen schwarz-grau-gestreiften Kapuzenbademantel.

Kapitel 22

Langsam stieg sie Stufe für Stufe die alte Holztreppe hinauf. Einige der Holzbohlen knarzten wie brüchiges Eis unter ihren Schuhsohlen.

Sie hatte sich intensiv mit der Geschichte des Turms befasst. St. Severin hatte es schon einige hundert Jahre gegeben, bevor der Kirchturm errichtet worden war. Es war ein politisch ambitioniertes Bauvorhaben gewesen, der hohe Turm sollte als Landmarke für die Seefahrer dienen und die Macht der Kirche auf Sylt demonstrieren. Damals hatte der Lister Königshafen noch unter der Kontrolle der Dänen gestanden.

Sie spürte die feuchte Kälte des Mauerwerks und fröstelte plötzlich. Dieses Bauwerk war nicht zu Ehren Gottes errichtet worden und genau darin lag das Unheil! Die Herrlichkeit Gottes war in den Hintergrund gerückt worden und somit hatte der Satan Einzug halten können!

Pastor Behrends Tod war ein Verbrechen an St. Severin, die Kirche damit führerlos und die Herde ohne Schäfer.

All das war geschehen, weil sie zum Werkzeug des Bösen geworden war, es musste eine Art Familienerbe sein, dem sie trotz aller Frömmigkeit nicht gewachsen war. Wie auch immer es geschehen konnte, sie trug die Last der Schuld tief und unauslöschbar in sich.

Kapitel 23

Erwin Bress drehte sich unter Zuhilfenahme zweier Krücken langsam zu Bente um.

»Ich bin gleich soweit ...«, grinste er und Bente sah in blassblaue Augen, die aus dem faltigen Gesicht des Alten hervorstachen.

»Sie sind keine Krankenschwester.« Es war keine Frage, aber sie schüttelte den Kopf und zeigte ihm ihren Dienstausweis. »Kriminalhauptkommissarin Brodersen.«

Erwin Bress wirkte überrascht, aber eher neugierig als erschrocken.

»Ist das Ihr Bademantel?«, fragte Bente.

»Ja, der ist schick, oder? Aber Sie sind nicht gekommen, um meinen Bademantel zu bestaunen, oder?« Er setzte sich langsam und schwer atmend auf die Bettkante. Offenbar war das Gehen mit starken Schmerzen verbunden.

Bente würde seinen Bademantel an die KTU geben müssen, um eventuelle Spuren sichern zu lassen. Aber Erwin Bress schied als möglicher Täter aus. Er hätte das Krankenbett mit der Nonne nicht in das Zimmer schieben können.

»Wo hängt Ihr Bademantel, wenn Sie ihn nicht tragen, an der Tür oder im Schrank?«

Er überlegte kurz und lächelte sie dann offen an. »Meine Tochter hat ihn erst gestern Abend gebracht und an die Tür gehängt, aber ich werde ihn lieber im Schrank verwahren.«

»Darf ich mir den Mantel für ein paar Stunden ausleihen? Er muss von meinen Kollegen im Labor untersucht werden, aber morgen bekommen Sie ihn zurück, versprochen!«

Verwundert nickte er und Bente verließ das Zimmer, um bei der Stationsschwester einen Klinikbademantel zu holen. Als sie zurückkam, saß Erwin Bress im Pyjama auf der Bettkante, seinen Bademantel säuberlich gefaltet neben sich. Sie half ihm in den Ersatzmantel, beförderte das Beweisstück in einen Müllbeutel und ignorierte seinen fragenden Blick.

»Wann war Ihre Tochter gestern Abend bei Ihnen?«

»Das war vor der Tagesschau, also gegen acht«, murmelte er nachdenklich. »Weshalb interessieren Sie sich für Hanne?«

Ohne darauf einzugehen, fragte Bente: »Und wann ist sie wieder gegangen?«

Er zuckte mit den Achseln. »Keine Ahnung, ich bin beim Wetterbericht eingeschlafen, also irgendwann danach.«

Das passte zeitlich zu einer eventuellen Begegnung mit Schwester Benedicta hier in der Klinik, aber sosehr Bente sich auch bemühte, konnte sie sich die Pfarramtssekretärin nicht als Mörderin vorstellen.

»Was ist mit Hanne?«, holte Erwin Bress sie aus den Gedanken und sie bemerkte einen besorgten Unterton in seiner Stimme. »Geht es ihr gut?«

»Ja, alles gut. Kennen Sie einen Jochen Pahlmann?« Bente zeigte ihm das Bild des ZDF-Aufnahmeleiters auf ihrem Handydisplay. Er nahm seine Lesebrille von dem Nachttisch, setzte sie auf und schüttelte den Kopf. »Aber der Name sagt mir irgendetwas ..., Pahlmann, da klingelt es im Oberstübchen, aber ich komme nicht drauf ...« Traurig schüttelte er den Kopf und entschuldigte sich mit nach oben geöffneten Handflächen. »Ich werde Hanne fragen, sie kann mir sicher helfen, mein Gedächtnis aufzufrischen!«

»Da kann ich vielleicht schon weiterhelfen. Frau Pahlmann hieß die Frau, die sich vor zwanzig Jahren ...«

»Vom Glockenturm gestürzt hat!«, rief der Alte aufgeregt und wurde plötzlich aschfahl im Gesicht. »Hatte Hanne einen Rückfall?«

»Einen Rückfall?«, hakte Bente interessiert nach.

»Ja, sie wird von Schuldgefühlen geplagt.«

»Schuldgefühle, weswegen?«

Erwin Bress starrte an Bente vorbei auf einen Punkt an der Wand und stöhnte verzweifelt: »Weil sie sich für eine Mörderin hält!«

Kapitel 24

Silke Fechter fuhr aufgelöst zurück zum Aufnahmeort an der Promenade. Der Schock über Jochens Tod saß ihr in den Gliedern und sie krallte ihre Hände fest um das Lenkrad, um das Zittern zu unterdrücken. Auf dem Beifahrersitz türmten sich die zerknüllten Papiertaschentücher und die Tränen liefen immer noch, als sie in die Tiefgarage des *Miramars* fuhr. Das Rolltor schloss sich hinter ihr und eine Panikwelle rollte über sie hinweg. Ausgerechnet wieder eine Tiefgarage, dachte sie, während das Schluchzen und Zittern ihren Körper schüttelte. Nach einer gefühlten Ewigkeit verebbte die Panik. Was war mit Jochen geschehen? Die Polizei hatte sehr explizite Fragen gestellt, auch nach den Aufnahmen und dem Grund, weshalb Jochen selbst zur Kirche gefahren war.

Silke konnte zwei und zwei zusammenzählen. Sie hatte im Netz von der toten Nonne gelesen und der Selbstmord des Pastors war erst einige Stunden her. Die Aufnahmen vor der Kirche und vom Beiwagenmotorrad würden sie nicht verwenden können. *Bares für Rares* lief im Vorabendprogramm und war als Familienunterhaltung eingestuft.

Silke Fechter überlegte, ob die Aufnahme der Sendung abgebrochen werden sollte. Schließlich war der Aufnahmeleiter tot und es gab Zweifel an der Unfalltheorie, sonst hätte die Polizei sich nicht am Set angekündigt. Diese Kommissarin wollte das ganze Team befragen und würde dadurch zumindest für eine Unterbrechung der Aufnahmen sorgen. Aber das Motto *The Show Must Go On* war keine hohle Phrase, Jochen hätte nicht gewollt, dass sie alle ihre Sachen packten und unverrichteter Dinge abreisten. Er als Profi hätte gewollt, dass sie die Arbeit fertigstellten! Und obwohl sie seinen Tod aufrichtig betrauerte, bedeutete er für sie eine einmalige Chance, sich zu beweisen. In einer solchen Ausnahmesituation konnte sie zeigen, dass sie diese Sondersendung leiten und zum Abschluss bringen würde. Sie warf prüfend einen Blick auf die Uhr. Die Aufnahmen an den Expertentischen müssten jetzt im Kasten sein.

Silke Fechter schüttelte ihre Nervosität ab und konzentrierte sich auf die Aufgabe, die vor ihr lag.

Bevor sie aus ihrem Wagen stieg, vergewisserte sie sich, die Handbremse angezogen und den ersten Gang eingelegt zu haben. Dann überprüfte sie die Bodenbeschaffenheit. In dieser Garage gab es außer bei dem Tor kein Gefälle. Erleichtert wandte sie sich zum Ausgang und schrie im selben Moment auf. Der Parkplatz für das Motorrad war leer!

Kapitel 25

Nachdem Bente in der Tiefgarage den Bademantel von Bress an Flackner gegeben hatte, fuhr sie mit Heike zurück in die Dienststelle. Die Suche nach Zeugen, die Pahlmann im Krankenhaus gesehen hatten, war ergebnislos verlaufen.

Bente stellte sich an das Clipboard, nahm den Marker in die Hand und ließ ihre Frustration raus: »Drei Tote an einem Tag und wir haben keine Ahnung, was hier gespielt wird. Das wirft kein gutes Licht auf uns! Jochen Pahlmann ist der Bruder der Toten von vor zwanzig Jahren, Hanne Bress hat ihrem Vater den Bademantel gebracht, den der Täter trug, als er das Bett mit Schwester Benedicta in das Zimmer schob, und Pastor Behrend hatte am Vortag seines Todes Besuch von dieser Nonne. Wo gibt es eine Verbindung zwischen diesen Personen? Liegt das Motiv tatsächlich zwanzig Jahre zurück und wurden jetzt Mitwisser beseitigt, oder geht es um irgendetwas anderes, was wir nicht sehen?«

Klemme, Timme und Heike seufzten. Niemand war bei den Recherchen auf einen entscheidenden Hinweis gestoßen. Über die Tourist-Information hatte Klemme herausgefunden, dass am Vortag eine Kurkarte auf den Namen Stefanie Hehlring ausgestellt wurde. Sie hatte sich für zwei Nächte in einer Pension in Wenningstedt eingemietet und das Fahrrad stammte von einem Verleih am Bahnhof. Das brachte sie keinen Schritt weiter.

Timme drehte seinen Bildschirm herum. »Ich habe das Bewegungsprofil von Hanne Bress in der Klinik erstellt. Sie ist um 19:46 Uhr mit einer Tasche durch den Haupteingang gekommen. Da muss der Bademantel drin gewesen sein.« Sie sahen das Bild von ihr auf dem Monitor. »Um 19:50 Uhr ist sie aus dem Fahrstuhl auf Station 1 getreten und auf direktem Weg zum Sprechzimmer von Dr. Beckmeyer gegangen.« Die Aufnahme zeigte die Pfarramtssekretärin auf dem Flur, dann klopfte sie, trat ein und zog die Tür hinter sich zu. Nach zwanzig Sekunden kam sie wieder heraus.

»Ihr Vater wurde von Beckmeyer operiert. Vielleicht wollte sie ihn sprechen«, mutmaßte Heike.

»Sie geht danach in das Zimmer ihres Vaters«, bestätigte Klemme.

»Um festzustellen, dass er nicht im Büro war, hätte es keine zwanzig Sekunden gebraucht! Aber mach weiter!«, forderte Bente ihn auf und wies auf den Monitor.

»Eine halbe Stunde später verlässt sie ohne Tasche ihren Vater und dann wird's schwierig ...«, druckste Klemme herum.

»Wie, schwierig?«, horchte Bente auf.

»Genau zu der Zeit, als Hanne Bress am Ausgang zu sehen sein müsste, ist der Kamerabereich von einem Krankentransport verdeckt.«

Auf dem Monitor sahen sie zwei Sanitäter, die ein Krankenbett schoben, in dem ein Patient lag. Rechts und links gingen zwei Krankenschwestern, die eine hielt einen Infusionsbeutel hoch und die andere eine Sauerstoffmaske auf das Gesicht des Patienten. Eine Person verließ in dem Moment die Klinik, als das Gedränge in der Tür am größten war, aber sie bewegte sich aus Sicht der Kamera hinter dem Krankentransport und war nur als schattenhafte Gestalt zu erkennen. Klemme ließ die Sequenz mehrmals langsam ablaufen, aber eine Identifikation war unmöglich.

»Zufall?«, fragte Timme in die Runde.

»Du meinst, Hanne Bress nutzt diese Situation, um die Klinik unbemerkt zu verlassen? Warum sollte sie das tun?«, schüttelte Bente den Kopf.

»Zumindest ist ihr Verbleib unklar«, seufzte Klemme.

»Wir werden sie dazu befragen, überprüfe die Aufnahmen, ob sie eventuell später hinausgegangen ist, also auch viel später!«

Klemme nickte.

»Und check das Zimmer von Erwin Bress, sie könnte auch dorthin zurück gegangen sein.«

»Das habe ich bereits. Nur Beckmeyer ist nochmal reingegangen, was sich mit seiner Aussage deckt.«

»Zeig mir die Aufnahme!«

Mit wenigen Mausklicks brachte Klemme die Bilder auf den Bildschirm. »Hier geht er hinein und ...« Klemme klickte weiter. »... hier wieder hinaus. Er trägt nichts bei sich.«

Bente starrte auf den Monitor.

»Dieser Bademantel muss irgendwie aus Bress Zimmer genommen worden sein, gab es noch einen weiteren Besucher?«

»Nein, bis zum Todeszeitpunkt von Schwester Benedicta ist niemand mehr zu ihm gegangen.« Klemme hob resigniert die Schultern.

»Bleibt immer noch, wie Schwester Benedicta ermordet wurde, denn zur Tatzeit war niemand im Zimmer«, erinnerte Heike an das offene Rätsel über den Todeszeitpunkt.

»Lasst uns noch einmal ganz von vorn beginnen!«, forderte Bente ihr Team auf, als Hansen hereinkam.

»Ich hab´s vergeigt!«, brummte er und wedelte mit einem Hefter in seiner Hand.

»Die Akte über den Fall Melanie Pahlmann?«

Hansen nickte.

»Ist nicht sehr umfangreich.« Bente nahm die paar Seiten enttäuscht entgegen.

»Ja, es wurden keine Fingerabdrücke vom Rand der Öffnung genommen, aber alle Zeugenaussagen stimmen darin überein, dass Melanie Pahlmann lauthals verkündete, ihrem sinnlosen Leben ein Ende zu setzen, und daraufhin in den Kirchturm gerannt war. Zwei Minuten später hat sie dann genau dort gelegen, wo Pastor Behrend heute lag!« Betreten sah Hansen in die Runde. »Damals existierte im Gegensatz zu heute kein Grund, an dem Selbstmord zu zweifeln.«

Bente prüfte den Polizeibericht von einst erneut. Irgendetwas übersah sie. Unterm Schreibtisch hörte sie Ulrike fiepen und zeitgleich meldete sich ihr Magen mit einem lauten Knurren. Was für ein Tag! Sie waren seit 5 Uhr auf den Beinen, Ulrike hatte nur morgens einen Spaziergang bekommen und bei allen drei Leichen fehlten Motiv und Täter!

»Ich gehe Pizza holen!«, verkündete sie. »Ihr stellt währenddessen die Berichte von den beiden Kirchturmstürzen gegenüber. Ich will jedes Detail aufgelistet haben!«

Die Pizzawünsche aller Kollegen waren ihr bekannt. Im Altpapiercontainer des Reviers befanden sich mehr Pappkartons als Druckerpapier.

Bente bestellte telefonisch auf dem Weg zum Strand. Erst als sie sich mit Ulrike der Promenade näherte, fiel ihr die Aufzeichnung von *Bares für Rares* an der Musikmuschel ein und sie bog rechts in die Steinmannstraße ab. Es half nichts, Ulrike musste sich mit Asphalt begnügen und auf ein Bad in der Nordsee verzichten.

Als sie im *Cropinos* auf ihre Bestellung wartete, hörte sie an einem der Tische eine Unterhaltung, die ihre Aufmerksamkeit auf sich zog.

»Ich habe Jochen noch nie so aufgeregt erlebt!«, erklärte ein junger Mann seinen zwei Begleitern. Neben dem Tisch stand eine Kameraausrüstung mit dem Logo des ZDFs. Bente trat an den Tisch und zückte ihren Dienstausweis. »Kriminalhauptkommissarin Brodersen, Sie gehören zu dem Kamerateam, das heute die Hochzeit in St. Severin filmen sollte?«

Alle drei nickten überrumpelt.

»Ihnen ist das Verhalten von Jochen Pahlmann seltsam vorgekommen?«, bohrte Bente weiter.

»Ja, Jochen ist ein Kontrollfreak ...«, erklärte einer der Männer, »Äh, also gewesen ..., aber er war nie bei Außendrehs dabei. Im Schnittraum hat er jede Sequenz mit Argusaugen verfolgt, aber bei den Drehs habe ich ihn noch nie gesehen, ihr vielleicht?«, wandte er sich an seine Kollegen.

Beide schüttelte den Kopf.

»Stimmt es, dass er von dem Auto zerquetscht wurde?«, fragte einer von ihnen, aber Bente ignorierte seine Neugier.

»Sie haben ihn also an der Kirche gesehen?«

»Ja, er lief zum Parkplatz und ich dachte, dass er es eilig hatte, zurück zur Promenade zu fahren, weil wir die Aufnahmen von der Kirche natürlich nicht mehr für die Sendung nehmen konnten, also wegen dem Selbstmord ...«, stammelte der Mann verlegen.

»Können Sie sagen, wo Herr Pahlmann sich befand, als der Pastor vom Turm fiel?«

»Verdächtigen Sie Jochen etwa? Ich dachte, der Pastor hat Selbstmord begangen!«

Bente ging nicht weiter auf die Todesumstände von Behrend ein, wollte aber erklären, weshalb es wichtig war, zu wissen, wo Jochen Pahlmann sich zu dem Zeitpunkt befand. »Vielleicht hat er etwas beobachtet?«

»Was hätte das denn sein sollen?«, erkundigte sich der Kameramann neugierig.

»Die Fragen stellt immer noch die Polizei, das ist wie beim Tatort!«

»Wir sind vom ZDF, der Tatort wird bei den Kollegen der ARD gedreht!«, warf sein Kollege grinsend ein.

»Also ist Jochen Pahlmann nach dem Sturz des Pastors weggelaufen? Haben Sie das eventuell gefilmt?«

Er schüttelte den Kopf.

»Danke! Falls Ihnen noch etwas einfällt, melden Sie sich bitte sofort!«, verabschiedete Bente sich und legte ihre Visitenkarte auf den Tisch. Dann holte sie die Pizzakartons vom Tresen und ging auf direktem Weg zurück ins Büro.

Jochen Pahlmann musste sich bei dem Sturz des Pfarrers an den Tod seiner Schwester erinnert haben. Aber sie hatte seinen Namen nicht auf der Liste der Zeugen gelesen. War er damals an der Kirche gewesen?

Während ihr Team sich auf die Pizzakartons stürzte, erzählte Bente von ihrem Gespräch mit den Kameraleuten. »Pahlmann ist gelaufen, was durchaus bedeuten kann, dass er jemanden gesehen hat!«, erklärte sie abschließend.

»Oder er hat den Pastor getötet und ist weggerannt, wie auch immer er das angestellt haben soll«, murmelte Klemme.

Bente wiegte den Kopf hin und her. »Das schließe ich eher aus, nicht zuletzt, weil auch er sterben musste.«

»Haben wir schon Neues von Flackner?« Timme wischte sich mit der Serviette über den Mund. Sein Pizzakarton war bereits leer, als Bente zu ihrem ersten Stück griff.

»Nee, drei Leichen an einem Tag können wir uns die nächsten Jahre noch anhören! Aber in diesem Fall darf er jammern, ich kann´s ihm nicht verdenken«, erklärte sie und biss in ein Pizzastück. Sie konnte sich nicht erinnern, je einen Tag mit drei Todesfällen erlebt zu haben. Bente sah in die Runde und wandte sich schließlich an Klemme: »Hast du die Gegenüberstellung der beiden Selbstmorde?«

Er wischte sich die fettigen Finger an seiner Jeans ab, nahm ein DIN-A4-Blatt aus dem Drucker und reichte es Bente.

Sie warf einen Blick darauf und grinste in sich hinein. Klemme war ein Ass bei der Recherche, aber in puncto Präsentation gab es viel Luft nach oben. Alle Angaben standen im linken oberen Viertel des Blattes, die Schrift kleiner als bei den Inhaltsstoffen auf der Senftube! Es war zwar jedes Detail vorhanden, aber eben nicht übersichtlich. Sie las, runzelte die Stirn und reichte das Blatt an Hansen und Heike weiter. »Seht ihr auch, was ich sehe?«

Hansen setzte unwirsch seine Lesebrille auf, als Erik ins Büro gestürmt kam. Sein Gesichtsausdruck ließ Bente sofort aufspringen.

»Wir haben einen Notruf von St. Severin erhalten. Eine Streife ist auf dem Weg!«

Kapitel 26

Silke Fechter schnappte sich ihr Handy und wählte im Laufschritt die Nummer der Redaktionsassistentin. Sie hoffte, dass Matthias Rescher nicht doch noch seinen Dickschädel durchgesetzt hatte und mit seiner Maschine losgefahren war.

Außer Atem kam sie auf der Promenade an und lief Horst in die Arme. Er strich seinen Schnäuzer glatt. »Silke, ich hab das von Jochen gehört, ist das wahr?«

Sie nickte.

»Schrecklich! Musstest du ihn etwa identifizieren?«

»Ja, die Kommissarin hat meine Nummer auf seinem Handy gesehen und mich angerufen.«

»Ich kannte Jochen seit über zehn Jahren«, flüsterte Horst fassungslos, »Er wird mir fehlen!«

Silke sah sich während des Gespräches suchend um.

»Was sagt der Sender, wie wir vorgehen sollen?«

»Weitermachen! Hast du etwas anderes erwartet?« Sie war den Tränen nahe. Auch wenn sie professionelle Arbeit verrichtete und für Privates beim Drehen kein Platz war, überforderte sie diese Situation.

Mitfühlend legte Horst eine Hand auf ihren Unterarm und raunte ihr zu: »Wir sollten uns eine kurze Pause gönnen und eine Aufnahmebesprechung abhalten, um die Gerüchteküche zu stoppen, die ganz sicher schon brodelt!«

»Gute Idee«, entgegnete Silke und war dankbar für den Vorschlag. Sie wusste, wie schwer dieser Tag für alle werden würde. Aber sie war sich genauso sicher, dass neben Trauer und Entsetzen über Jochens tragischen Tod auch Neid aufflammen würde. Zumindest für diese Sendung hatte sie quasi die Aufnahmeleitung von Jochen geerbt. »Hast du das Motorrad gesehen?«

Horst schüttelte den Kopf und strahlte die entgegenkommenden Passanten an, ohne sich den Schock anmerken zu lassen. Das Showbusiness erforderte in solchen Momenten große schauspielerische Fähigkeiten.

»Habt ihr Rescher mit seinem Motorrad gesehen?«, wandte Silke sich an eine Gruppe von Kollegen, die einen Meter weiter stand.

»Heute Mittag ist er in die Garage gefahren, danach habe ich das Gespann nicht mehr gesehen«, erklärte eine Kamerafrau.

»So ein Gefährt fällt jedem auf, der kann sich doch nicht in Luft aufgelöst haben!«, rief Silke verärgert.

Von der Friedrichstraße drang Sirenengeheul auf die Promenade und wurde schnell lauter. Einer der Azubis kam winkend auf Horst und Silke zugeeilt. Atemlos berichtete er: »Der Österreicher mit seinem Motorrad ist überfallen worden!«

Kapitel 27

Bente hielt den Bulli dicht hinter dem Streifenwagen, in dem Erik und ein Kollege saßen. Mit Blaulicht und Sirenen überquerten sie ungehindert die Kreuzungen und fuhren mit Höchstgeschwindigkeit über die Keitumer Landstraße zur Kirche St. Severin.

»Ist doch seltsam, dass da schon wieder jemand vom Turm springen will, oder?«, rief Heike und klammerte ihre Hand um den Haltegriff oberhalb der Beifahrertür.

»Mehr als seltsam, irgendwas stimmt mit dieser Kirche nicht«, brummte Bente vor sich hin.

»Sag nicht, du glaubst jetzt doch an den Fluch?«

»Natürlich nicht!«

Die Reifen knirschten auf dem Schotterweg vor der Kirche, als Bentes Bulli zum Stehen kam. Vor dem Kirchturm standen bereits ein Rettungswagen und ein Einsatzfahrzeug der Feuerwehr.

Einer der Feuerwehrmänner erkannte sie sofort. »Oben im Glockenturm sitzt eine Frau an dem Loch im Boden und droht, zu springen!«

»Wer ist sie?«, fragte Bente zur Sicherheit. Sie kannte die Antwort, es konnte nur Hanne Bress sein.

»Sie arbeitet hier in der Kirche«, erklärte der Feuerwehrmann erwartungsgemäß.

Sie wies Heike an, Erwin Bress vom Krankenhaus zur Kirche bringen zu lassen, und eilte die hölzernen Stufen hoch. Als sie atemlos oben stand, drehte Hanne Bress ihren Kopf zu ihr und rief: »Kommen Sie nicht näher!«

Mit erhobenen Handflächen hockte Bente sich auf den Boden. »Ich bleibe hier sitzen, Frau Bress!«

Die gusseisernen Glocken wirkten riesig. Sie setzte sich in den Schneidersitz und kontrollierte ihre Atmung, ohne den Blick von Hanne Bress abzuwenden. Bei Selbstmördern durfte kein Druck ausgeübt werden, es war wichtig, die Person in ein Gespräch zu verwickeln.

Bente sah, dass sie sich mit den Händen an dem Rand abstützte. Genau das war es, was Pastor Behrend nicht getan hatte und seinen vermeintlichen Selbstmord als Mord bewies.

Angespannt hielt Bente die Fragen zurück. Sie spürte, dass Hanne Bress reden wollte.

»Gehen Sie lieber, ich bringe nur Unglück!«

»Wie kommen Sie darauf?«

»Weil ich ihn auf dem Gewissen habe, es war meine Schuld!« Sie schaute gedankenverloren die zwanzig Meter in die Tiefe.

»Pastor Behrend?«, fragte Bente leise.

»Ja, ihn auch! Ich trage den Fluch in mir und deshalb mussten alle sterben!«

»Nein, Sie sind nicht verflucht, Frau Bress. Pastor Behrend ist von einem Menschen ermordet worden, nicht vom Teufel!«

Sie schüttelte den Kopf und erklärte bestimmt: »Es liegt an mir, damals wie heute«, seufzte sie. »Ich muss dem ein Ende bereiten!« Mit diesen Worten rutschte sie ein Stück weiter vor und ließ ihre Beine durch das Loch baumeln.

»Damals vor zwanzig Jahren? Was genau ist da geschehen? Helfen Sie mir, es zu verstehen, Hanne ..., ich darf doch Hanne sagen?«, bat Bente. Sie musste Zeit gewinnen.

»Ich wollte das nicht!«

»Was wollten Sie nicht?«

»Es war meine Schuld. Ohne mich wäre es nie dazu gekommen.«

»Was genau meinen Sie, Hanne? Erzählen Sie es mir, bitte.«

»Damals stand ich auch hier oben! Ich habe es gesehen.« Sie starrte auf die Glocke über sich und Bente sah die schreckgeweiteten Augen.

»Was haben Sie gesehen?«

Sie schwieg und Tränen liefen über ihre Wangen. »Er hat mich gesucht und ich habe mich hier versteckt.«

Bente stöhnte innerlich auf. Wovon sprach diese Frau? »Und was passierte dann?«

»Der Turm hat mich zurückgehalten, ich hätte mich bemerkbar machen müssen, dann wäre er nicht gestorben!«

Bente musste sie dazu bringen, von dem Loch abzurücken. »Ich habe Ihren Vater im Krankenhaus besucht. Er ist ein netter alter Mann und liebt Sie sehr!«, wechselte Bente das Thema, um sie zurück in die Realität zu holen.

Für einen Moment sah sie glücklich aus, dann verfinsterte sich ihr Blick. »Ja, trotz allem!«, schluchzte sie.

In diesem Moment rief Erwin Bress von unten herauf: »Hanne, ich bin hier, komm runter und lass dich umarmen!«

»Ihr Vater braucht Sie«, versuchte Bente, sie vom Sprung abzuhalten.

»Er weiß, dass ich meinen Großvater, seinen Vater, auf dem Gewissen habe! Ich trage den Fluch in mir! Es ist besser so!« Damit beugte sie sich vor, drückte sich vom Rand ab und stürzte in die Tiefe.

»Nein!«, schrie Bente, schnellte nach vorn und griff ins Leere.

Kapitel 28

Wir müssen die Aufzeichnung abbrechen!«, rief ein Kameramann und erntete zustimmendes Gemurmel einiger Kollegen. Im Tagungsraum des *Miramars* war jeder Stuhl besetzt. Der außerplanmäßigen Einberufung dieser Teamsitzung waren alle Mitarbeiter gefolgt.

»Stimmt es, dass Jochen ermordet wurde?«, fragte eine Assistentin und das Gemurmel erstarb.

Silke Fechter straffte die Schultern und ergriff das Wort: »Wir wissen es nicht, aber die Polizei ermittelt und hält sich mit Informationen bislang zurück.«

»Und du nimmst jetzt Jochens Platz ein?«, giftete die Assistentin.

Silke hatte mit dieser Frage gerechnet. »Ja, nach Absprache mit dem Sender übernehme ich vorerst die Aufnahmeleitung.« Ihre Stimme war fest und verriet nichts von ihrer Nervosität.

»Ganz ehrlich, Silke, wenn es bei Jochens Tod nicht mit rechten Dingen zuging und wir jetzt auch noch den Überfall auf den Österreicher mit seinem Motorrad haben, sollten wir schon aus Sicherheitsgründen abbrechen!«, bemerkte einer der Kameramänner.

»Genau!«, nickten mehrere Kollegen und verschränkten die Arme vor der Brust.

Ein junger Tontechniker stand auf und verschaffte sich Gehör, indem er die Arme beruhigend auf und ab streckte. »Nun beruhigt euch mal! Die meisten von euch sind, wie ich auch, freie Mitarbeiter! Ich kann es mir nicht leisten, hier abzubrechen, weil meine Familie was zu essen braucht und die Miete gezahlt werden muss! Wer von euch kann sich diesen Verdienstausfall leisten?«

Betreten stimmten viele der Anwesenden seinen Worten zu, aber einige schüttelten entrüstet den Kopf.

Silke wusste um die Ungerechtigkeit des Personalmanagements beim öffentlich-rechtlichen Fernsehen. Es wurden Kosten gespart, indem Kameraleute, Tontechniker und sogar Redakteure entlassen wurden. Sie mussten sich selbstständig machen, um auftragsbezogen ihren alten Job zu übernehmen, allerdings ohne die Sicherheit von Sozialleistungen. Im Grunde genommen war die Institution eines öffentlich-rechtlichen Rundfunks eine lobenswerte Idee, aber der von den Bürgern gefüllte Topf der GEZ wurde nicht gerecht aufgeteilt. Alteingesessene Seilschaften und Verbindungen zu Wirtschaft und Politik sorgten bei den Entscheidungsträgern der Sender für ungerechte Maßnahmen und durchaus berechtigte Korruptionsvorwürfe.

»Und vergesst nicht den toten Pastor bei der Hochzeit heute Morgen«, meldete sich ein Kollege aus den hinteren Reihen. »Die Sendung steht unter einem schlechten Stern.«

Silke sah zu Horst, der ihr zunickte und sich erhob. Sofort wurde es still. »Ich habe Jochen sehr lange gekannt und die letzten zehn Jahre mit ihm zusammengearbeitet. Mir geht sein Tod sehr nah, aber letzten Endes haben wir einen Job zu erledigen! Wenn ein Busfahrer stirbt, fahren die Busse dennoch weiter. Wenn ein Feuerwehrmann bei einem Einsatz sein Leben lässt, löschen die Kollegen das Feuer trotzdem, oder erst recht!« Alle hingen gebannt an seinen Lippen. »Wir sollten trauern und an ihn denken und die Erinnerung an ihn hochhalten, indem wir die Sendung so beenden, dass er mit unserer Arbeit zufrieden wäre!«, fuhr er fort und senkte die Stimme. »Ich möchte euch bitten, eine Schweigeminute mit mir abzuhalten, um Jochen zu gedenken!«

Alle erhoben sich und Silke beobachtete, dass viele die Hände zum Gebet falteten, bevor auch sie die Augen schloss und an Jochen dachte.

Nach dieser Zeremonie war die Stimmung entspannter und weniger emotional.

Silke wusste, dass sie jetzt gefordert war, schließlich hatte sie die Leitung übernommen. »Matthias Rescher ist ins Krankenhaus gebracht worden, es geht ihm, den Umständen entsprechend, gut. Wir haben die Szene mit Horst und dem Motorrad bereits abgedreht und die Story mit Rescher und seinem Motorrad ist auch im Kasten. Der Schnitt wird die Bilder zusammenfügen, da gibt´s genug Material. Konzentrieren wir uns jetzt auf den Händlerraum, der in diesen Minuten in der Musikmuschel aufgebaut wird!«

Auch wenn es ein paar unzufriedene Stimmen gab, nahm jeder die getroffene Entscheidung hin. Ihnen allen war bewusst, dass ein Ausscheiden Konsequenzen für die nächsten Sendungen haben würde. Es gab jede Menge freie Mitarbeiter, die diesen Job gern übernehmen würden!

»Bringt die Beiwagenmaschine zur Musikmuschel und dreht die Reaktion der Händler vorab«, wies Silke ein Kamerateam an.

»Keiner außer Rescher kann diese Maschine fahren!«, erklärte der Teamleiter seufzend.

»Dann schiebt das Ding, ist mir egal, wie es zur Bühne kommt!«

Alle verließen geschäftig den Tagungsraum und Silke bildete mit Horst das Schlusslicht. Sie sah ihm die Trauer um Jochen an und lächelte ihm zu. Er hatte ihr mit seiner ruhigen und ehrlichen Ansprache geholfen, das Team zusammenzuhalten. »Danke, Horst!«

»Lass uns das einfach nur zu Ende bringen!«, raunte er ihr zu und drehte sich weg.

Silke nickte und schluckte. Sie hatte die Tränen in seinen Augen bemerkt.

»Weißt du, dieses Motorrad bringt uns irgendwie kein Glück.« Er zwirbelte nachdenklich seinen Schnurrbart, bevor er den Tagungsraum verließ. Silke schloss die Augen und atmete tief ein. Es lag eine große Verantwortung auf ihr, aber sie würde es schaffen!

Ihr Handy klingelte und sie sah die Nummer des Senders auf dem Display. »Fechter«, meldete sie sich und hörte fassungslos zu. »Das kann nicht euer Ernst sein!«

Kapitel 29

Jasmin Reichelt konnte ihr Glück kaum fassen. Als junge Redakteurin war sie mit einem Kamerateam zu der Kirche in Keitum geschickt worden, um eine Hintergrundstory über die älteste Kirche des Landes zu erstellen. Der Fluch von St. Severin beherrschte seit dem Tod des Pastors die Internetschlagzeilen, und der Sender wollte eine Art Dokumentation mit Bildern und Kommentaren der Einheimischen. Aber dass sie bei Ankunft auf einen Rettungswagen, Feuerwehrfahrzeuge und Einsatzfahrzeuge der Polizei stieß, war nicht vorauszusehen gewesen! Die Kameras liefen, als ein Feuerwehrmann erklärte, dass eine Frau sich vom Turm stürzen wolle. Auch wenn einer der Polizisten sie auf Abstand hielt, konnten sie das geschäftige Treiben filmen und die ankommenden Keitumer nach dem Fluch befragen. Immer mehr Schaulustige wurden von den Einsatzfahrzeugen angezogen und erzählten bereitwillig die alten Geschichten rund um den Fluch und die Historie der Kirche.

Schon seit dem Bau hatte die Kirche Todesopfer gefordert. Sie waren hinten auf dem Friedhof beerdigt worden, lediglich eine Gedenktafel erinnerte an die Opfer der Baumaßnahmen, die vor hunderten von Jahren ihr Leben für die Kirche gelassen hatten. Auch ein Pastor war von einer herabfallenden Dachschindel erschlagen worden, sein Grab war erhalten und wurde natürlich von ihrem Team aufgenommen.

Jasmin hielt das Mikro einem alten Mann hin, der aufgeregt in Plattdeutsch erklärte, dass der Turm für mehrere Jahrhunderte zugemauert gewesen war, nachdem ein vom Pastor geschwängertes Mädchen erst ihn und dann sich selbst vom Glockenturm gestürzt hatte. »Siet domols is hier nix ween, awer nu is de Düwel torüch!«, erklärte er im Brustton der Überzeugung und die Umstehenden nickten erschaudernd.

Jasmin unterdrückte einen Jubelschrei. Das war ein Volltreffer!

Eine alte Frau schlug sich die Hände vors Gesicht. »Heute Vormittag unser Pastor und jetzt Hanne! Die Geschichte wiederholt sich!«, rief sie klagend und sah zum Kirchturm.

»Aber die hatten nix miteinander!«, schüttelte der Alte den Kopf.

»Das weiß nur Gott!«, seufzte die Frau. »Was auch immer zwischen Himmel und Hölle existiert, auf unserer Kirche lastet ein Fluch, das ist so sicher wie das Amen!«

Ein gellender Schrei drang zu ihnen und alle starrten auf den Turm. Jasmin Reichelt lief mit ihrem Kamerateam zum Eingang. »Lasst die Aufnahme laufen!«, rief sie den Kollegen zu. Auch wenn diese Bilder verwackelt sein würden, spiegelten sie die Dramatik der Situation!

Sechs Feuerwehrmänner hatten unten im Kirchturm ein Sprungtuch aufgezogen und fingen die herabstürzende Pfarramtssekretärin sanft ab.

Sofort war ein Notfallsanitäter zur Stelle und als der alte Erwin Bress im Rollstuhl zu seiner Tochter geschoben wurde, ballte Jasmin Reichelt die Siegerfaust. Solche Aufnahmen waren nicht zu toppen. Ob und wie weit sie die Originalaufnahmen nutzen konnten oder die Gesichter aus Persönlichkeitsrechten schwärzen oder verpixeln mussten, wusste sie nicht. Das war letztlich aber auch egal, denn die Emotionen, die die Bilder beim Betrachter auslösten, waren gewaltig.

»Zoom ran so weit du kannst!«, wies sie den Kameramann an. Hanne Bress wurde gestützt und zum Rettungswagen gebracht, während eine Krankenschwester ihren Vater mit dem Rollstuhl nebenher fuhr.

Der Gesichtsausdruck von Hanne Bress spiegelte ihre Verwirrung wider.

»Es ist meine Schuld, dass sie sterben mussten!«, rief sie mit heiserer Stimme.

Kapitel 30

Bente und Heike saßen im Bulli und folgten dem Rettungswagen zum Krankenhaus. Erik hatte sie über den Überfall auf Matthias Rescher, dem Eigentümer des Beiwagenmotorrads, informiert.

»Was ist das nur für ein Tag?« Heike schaute aus dem Seitenfenster und hatte keinen Blick für die Schönheit der Insel.

»Ich komme einfach nicht auf die Verbindung zwischen den Fällen«, murmelte Bente nachdenklich.

»Was ist mit *Bares für Rares*? Meinst du, es gibt irgendeinen Zusammenhang zu der Aufzeichnung?«

Bente hob die Schultern. »Keine Ahnung, ich muss gestehen, dass ich noch nie eine solche Situation hatte. So viele Fälle an einem Tag und genauso viele Tatorte.«

»Alles dreht sich um die Klinik und die Kirche!«, stöhnte Heike.

Bente streichelte Ulrikes Kopf, der zwischen den Vordersitzen auftauchte. »Nicht dein Tag, mein Mädchen, aber das holen wir nach«, raunte sie der Hündin zu.

»Was hältst du von Hanne Bress?«, fragte Heike.

»Als Täterin? Sie ist psychisch labil und verwirrt, also schwer vorstellbar!«

»Aber sie war gestern Abend im Krankenhaus, hat den Bademantel mitgebracht, war zugegen, als Pastor Behrend sprang und…«

Bente schüttelte den Kopf. »Nein, also ja. Durchaus möglich, aber es passt nicht zusammen. Wir wissen ja noch nicht einmal, wie Pastor Behrend und Jochen Pahlmann gestorben sind und bei Schwester Benedicta tappen wir auch noch im Dunkeln, was die Durchführung des Mordes angeht!«

»Das ist es!«, rief Heike.

Bente starrte ihre junge Kollegin auf dem Beifahrersitz neugierig an.

»Alle Todesfälle sind kompliziert, was eine präzise Planung voraussetzt und…«

Bentes Handy klingelte und über die Freisprecheinrichtung meldete sich Flackner: »Ich hab´s gefunden!«

»Was?«, riefen Bente und Heike zeitgleich.

»Alle drei Leichen weisen eine ungewöhnliche Gemeinsamkeit auf!«, verkündete der Rechtsmediziner stolz.

Als Flackner den beiden Kommissarinnen seine Ergebnisse mitteilte, wusste Bente plötzlich, was ihr die ganze Zeit im Hinterkopf herumgespukt hatte.

Kapitel 31

Als sie auf den Parkplatz des Krankenhauses einbogen, trafen die zwei Streifenwagen ein, die Heike von unterwegs angefordert hatte.

Bente rief im Büro an und Klemme nahm ab. »Komm mit Hansen, deinem Laptop und der Akte Melanie Pahlmann ins Krankenhaus«, forderte sie knapp.

Klemme war sprachlos. Es passierte selten, dass er ausrücken musste, aber dass der ehemalige Dienststellenleiter ihn begleiten sollte, erstaunte ihn. »Alles klar, Chef?«

»Klemme?«

»Ja, Chef?«

Bente schluckte. Sie musste die alten Muster durchbrechen. Am Beispiel von Hanne Bress war ihr klar geworden, dass Kommunikation nötig war, um alte Gegebenheiten zu ändern. Dieser angebliche Fluch war lediglich durch das Aufwärmen jahrhundertealter Geschichten in den Köpfen der Leute präsent geblieben. Wie bei dem Kinderspiel *Stille Post* war die Legende über Generationen hinweg am Leben erhalten worden, aller Aufklärung und Wissenschaft zum

Trotz! Hier und jetzt wollte Bente gegen althergebrachte Gewohnheiten rebellieren!

»Nenn mich nicht Chef!«

Klemme stockte und stammelte: »Okay, Chef ...äh!«

Sie konnte sich ein Grinsen nicht verkneifen. »Und sag Timme, dass er nach Keitum fahren und sich die Mechanik der Glocken von St. Severin ansehen soll!«

»Die Glocken von ....« Klemme stutze erneut.

»Ich muss wissen, wie sie in Gang gesetzt werden, in welche Richtung sie zuerst schwingen und ob es immer gleich abläuft, alles!«

»Verstanden, Frau ..., äh, Chef...in! Oh, das ist nicht so einfach!«

»Dann streng dich an, Klemme!« Damit beendete sie das Gespräch.

Auf Station 1 liefen sie wieder Schwester Andrea in die Arme. Bente ging sofort in den Angriffsmodus über.

»Kein Wort, Frau Denker. Wir benötigen sofort Zugang zu einem Raum, wo wir ungestört sind und Zugriff auf die Videoüberwachung der Klinik haben!«

Überrascht von Bentes forschem Ton, bedeutete sie ihnen stumm, ihr zu folgen. Sie öffnete eine Tür und erklärte: »Dies ist die Personalküche, wir verzichten ihretwegen auf unsere Pause, aber rühren Sie die Getränke nicht an, die sind privat!«

Bente schüttelte den Kopf und rollte mit den Augen. Diese kratzbürstige Schwester musste immer das letzte Wort haben. »Schwester Andrea? Ich habe eine Frage an Sie als examinierte Krankenschwester.«

Sofort wurde die Mimik in ihrem Gesicht freundlicher. »Ja?«

»Welchen Grund kann es bei einem Toten für eine Überdosis Antibiotikum im Blut geben?«

»Antibiotika in einer hohen Dosis stimulieren das Brechzentrum im Hirnstamm, was Übelkeit und Erbrechen zur Folge hat. Außerdem kann eine Überdosis über einen langen Zeitraum zu Nerven- und Nierenschäden führen«, erklärte sie stirnrunzelnd.

»Kennen Sie sich mit Wechselwirkungen aus?«, hakte Bente nach.

Andrea Denker nickte langsam und plötzlich weiteten sich ihre Pupillen. Bente erkannte an ihrem Gesichtsausdruck, dass die Krankenschwester begriffen hatte, worauf sie hinauswollte.

»Sie wollen andeuten ...?«

»Nein!«, unterbrach Bente sie, »Nicht andeuten, wir haben eindeutige Beweise!«

Schwester Andrea stöhnte entsetzt auf und ließ sich kopfschüttelnd auf einen Stuhl fallen.

Kapitel 32

Während Klemme und Hansen sich in der Personalküche ihren Arbeitsplatz einrichteten, organisierte Heike eine Thermoskanne Kaffee aus der Kantine.

»Okay, Brodersen, warum schlagen wir hier in der Klinik unser Quartier auf?«, brummte Hansen.

»Weil Flackner bei allen drei Leichen eine hohe Konzentration eines Antibiotikums im Blut gefunden hat!«

»Antibiotika wirken gegen Entzündungen, oder?«, fragte Klemme irritiert.

»Es steckt ein Muster dahinter!«, erklärte Heike. »Alle drei Mordfälle haben zwei Dinge gemeinsam.«

»Die wären?«, horchte Hansen auf.

»Erstens die Kirche von St. Severin und zweitens die nicht exakt zu benennende Art des Todes, also wie der Täter es geschafft hat, zum Zeitpunkt der Ermordung nicht anwesend zu sein!«

»Was auf eine präzise Planung und Hintergrundwissen deutet«, fügte Bente an.

»Und was hat es mit dem Antibiotikum auf sich?«, fragte Hansen konzentriert.

»Es gibt eine Wechselwirkung mit sedativen Medikamenten, die in der Narkose eingesetzt werden.«

»Was für Wechselwirkungen?«

»Es potenziert die Wirkung der Sedativa und überlagert die Rückstände im Blut!«, wiederholte Bente die Erklärung von Schwester Andrea.

Hansen hob eine Augenbraue. »Nur für mich, zum besseren Verständnis: Bei reichlich Antibiotikum wird ein Narkosemittel sozusagen eliminiert und übrig bleibt lediglich der Nachweis von diesem Antibiotikum?«

»Genau!«

»Nee!«, rief Klemme überrascht. »Was es nicht alles gibt!«

Schwester Andrea betrat das Zimmer und hörte Klemmes Ausruf. Sie war wie ausgewechselt, seit Bente ihr die Ergebnisse der Obduktionen anvertraut hatte und ihr klar geworden war, dass jemand aus der Klinik der gesuchte Täter sein musste. »Letzten Endes sind alle Reaktionen im Körper biochemischer Natur und solche Wechselwirkungen werden oftmals nur zufällig entdeckt«, erläuterte sie fachmännisch und lächelte Klemme an.

»Wer außer Ihnen weiß so etwas?«, fragte er mit ehrlicher Bewunderung.

Geschmeichelt strich sie über ihren weißen Kittel. »Ich habe eine Ausbildung zur Laborassistentin, aber im Grunde genommen kann jeder mit einem medizinischen Hintergrund im Internet fündig werden.«

»Aber dann muss der oder die auch noch Zugang zu den Substanzen haben, die liegen ja nicht einfach so herum, oder?« Hansen rieb sich seinen grauen Bart.

Erik und zwei Kollegen traten in die Personalküche und Bente wandte sich an die Stationsschwester: »Ist alles bereit?«

Andrea Denker nickte. »Wir haben Matthias Rescher in ein anderes Zimmer verlegt, damit Ihr Kollege sich als Patient auf die Lauer legen kann.«

»Gut. Erik, du gehst auf deinen Posten?«, fragte Bente und sah ihm tief in die Augen. Sie hatte versucht, ihn zurückzuhalten, aber er war unerbittlich gewesen. Natürlich hatte er recht, es war ungefährlich und selbst wenn nicht, wäre es nicht vereinbar mit seinem Gewissen, einen Kollegen mit der Aufgabe zu betrauen. Aufmunternd zwinkerte Erik ihr zu.

»Rescher?« Klemme blickte abwechselnd zwischen Bente und Schwester Andrea hin und her. »Worum geht es hier?«

»Rescher ist vor ungefähr einer Stunde überfallen worden, ein Mann wollte offensichtlich sein Motorrad stehlen, was aber nicht geklappt hat. Heute passiert alles in einer solchen Geschwindigkeit, dass wir gar nicht hinterherkommen ...« Plötzlich verstummte Bente und alle sahen sie an.

»Was ist?«, fragte Heike alarmiert.

Bente schwieg, kniff die Augen zusammen und hob ihre Hand, zum Zeichen, dass sie nicht gestört werden wollte. »Wer immer unser Täter ist, er befindet sich im Stress!«

Mit einem Mal war die Luft wie elektrisch aufgeladen.

»Okay!«, seufzte Heike. »Stress macht blind für Fehler, das kann ein Vorteil für uns sein!«

»Klemme, such die Aufnahmen des Kamerateams heraus. Ich brauche noch einmal die Sequenzen, wo Pastor Behrend drauf ist, also vor der Kirche!«

Klemmes Finger flogen über die Tastatur.

Hansen wandte sich an Bente: »Du denkst, der Überfall auf Rescher war ein Mordversuch und der Mörder wird sein Werk vollenden?«

Sie zuckte mit den Achseln. »Keine Ahnung, ich will nur kein Risiko eingehen und einen Versuch ist es wert.« Sie nickte Erik zu, der mit seinen Kollegen und Schwester Andrea verschwand, um alles vorzubereiten, falls der Mörder erneut zuschlagen würde.

»Und was kann ich tun?«, brummte Hansen.

Bente legte eine Hand an seinen Oberarm und dirigierte ihn zum Tisch. »Hier im Laptop findest du jede Menge Namen von allen Beteiligten und Zeugen, außerdem eine Liste aller Mitarbeiter des Krankenhauses.« Hansens Blick erinnerte sie an Ulrike und sie war versucht, ihm das Kommando *»Such!«,* zu geben, besann sich aber im letzten Moment. »Finde Zusammenhänge, Verbindungen, Hinweise, irgendetwas!«

»ABM«, flüsterte er kaum hörbar, aber eben nur kaum.

»Was erwartest du?«, reagierte sie schnippisch. »Streng genommen dürftest du gar nicht hier sein!«

»Schon gut, Brodersen, ich wollte nur nach dem Passwort fragen«, erwiderte er mit Unschuldsmiene.

Bente stöhnte genervt auf und entsperrte den Bildschirm. »Wir lassen euch jetzt in Ruhe und gehen zu Rescher«, verkündete sie und winkte Heike raus auf den Flur.

»An so einem Tag geht er mir gehörig auf die Nerven mit seiner penetranten Art!«, grummelte sie vor sich hin.

»Alles gut, Brodersen. Hansen verträgt mehr als du denkst und im Endeffekt fühlt er sich vielleicht ganz wohl in dieser Zwischenrolle, die er bei uns einnimmt.«

Als sie Reschers Zimmer betraten, fanden sie den Österreicher mit einem Kopfverband und einer Augenklappe vor.

Zu dem Überfall konnte er wenig sagen. Er war hinterrücks niedergeschlagen worden.

»Nur guat, dos des Motorradel no do is!«, sagte er in seinem österreichischen Dialekt und bemühte sich, ohne Dialekt zu sprechen, als er in verständnislose Gesichter blickte.

»Sie denken, der Überfall galt nicht Ihnen, sondern dem Motorrad?«

»Ja, sicher! Es ist 150.000 Euro wert!«

Bente schüttelte stumm den Kopf. Niemand würde wegen dieses Motorrads drei Morde begehen, außerdem gab es keine Verbindung zu Schwester Benedicta.

»Gab es jemanden, der besonderes Interesse an der Maschine gezeigt hat?«

Der Österreicher lachte auf und verzog augenblicklich schmerzhaft das Gesicht. »Jeder! Meine Puch ist der Publikumsmagnet, sogar der Pastor hat es sich angesehen«, erklärte er stolz und griff zu seinem Handy auf dem Nachttisch. »Hier!« Er wischte mit seinem Zeigefinger übers Display und hielt ihnen die Fotos vor die Nase.

Bente starrte gebannt auf den Pfeil, der auf einem der Fotos war. »Sie haben ein Video gemacht?«

»Nein«, wehrte Rescher ab.

Bente nahm das Handy und ging die Fotos durch. »Da war doch gerade ein Video!«

»Äh, nein, ein Live-Foto«, erklärte Heike grinsend. »Die meisten Handys haben eine Live-Foto-Funktion. Da nimmt die Kamera die Sekunden vor und nach dem Foto auf.«

»Mein Handy auch?«, fragte Bente perplex.

»Jep, ich zeig´s dir später«, seufzte Heike und tauschte einen nachsichtigen Blick mit Matthias Rescher, während Bente sich von allen Fotos die Minivideos ansah.

»Ich brauche das Handy, Sie bekommen es gleich zurück!« Sie nickte Heike zu und verließ mit ihr den verdutzt dreinschauenden Österreicher.

»Des glaubt mia zhaus koa Mensch, net«, murmelte er leise.

Kapitel 33

Erinnerst du dich an den jungen Beamten vorhin im Büro, der die Tatwaffe auf dem Bild erkannt hat?«, fragte Hansen.

»Ja!« Bente versuchte, sich an den Namen des Messers zu erinnern. »Legestop, oder so.«

»Lepestock!«, korrigierte er und zeigte ihr eine Website im Computer. »Hier, vor zwei Jahren belegte Dr. Philipp Beckmeyer beim Leipziger Messerwurfwettkampf den dritten Platz!«

Bente las konzentriert den Bericht. »Aber der Doktor hat ein wasserdichtes Alibi! Er war definitiv in der Notaufnahme, das zeigt die Videoüberwachung und auch die beiden Kollegen haben es bezeugt.«

»Genau das stößt mir unangenehm auf!«, brummte Hansen. »Er ist Facharzt mit einer Privatpraxis und schlägt sich die Nacht in der Notaufnahme um die Ohren?«

»Klemme, spiel mal das Bewegungsprofil von ihm ab!« Bente nahm sich einen Stuhl und setzte sich neben Hansen an den Tisch.

»Hier unten läuft die Zeit mit, ab 1:50 Uhr sitzt er im Kamerabereich und verlässt die Notaufnahme erst um 4:38 Uhr!«, erklärte Klemme.

»Ich kenne den Bereitschaftsraum von meiner Zeit als Weihnachtsmann in der Klinik«, warf Hansen ein und beugte sich zum Bildschirm vor. »Tisch, Stühle und Sofa stehen ungefähr hier.« Er zeigte auf einen Bereich außerhalb des Bildschirms. »Unser Doktor sitzt aber auf einem extra in den Kamerabereich gestellten Stuhl! Das ist kein Zufall, er verschafft sich ganz bewusst ein Alibi!«

»Vergrößere bitte sein Gesicht und spiel es im Zeitraffer ab«, wandte Bente sich nachdenklich an Klemme und verfolgte konzentriert Beckmeyers Mimik während des gesamten Aufenthalts in der Notaufnahme. »Er spricht so gut wie gar nicht! Einmal ein paar Worte und dann noch einmal, als er sich verabschiedet!«

»Ja, das hat nichts von Smalltalk und kollegialem Abhängen!«, schüttelte Heike fassungslos den Kopf. »Er will tatsächlich nur dieses Alibi, aber warum?«

»Das ist die entscheidende Frage! Wie kann er Schwester Benedicta erstochen haben, wenn er zum Todeszeitpunkt in der Not...« Bente verstummte. »Das Lepestock-Messer! Ich brauche Flackner und den Kollegen, der das Messer kennt, am Telefon!« Während Heike und Hansen die entsprechenden Nummern wählten, nahm in Bentes Gedanken ein unglaublicher Tathergang Form an.

»Erster!«, rief Hansen, als er den Beamten am Handy hatte und es ihr reichte.

»Kindergarten«, murmelte sie augenrollend.

»Sie haben dieses Messer auf dem Foto erkannt.«

»Ja, das Lepestock.«

»Erzählen Sie mir mehr darüber.«

»Es ist bei Anfängern und Profis gleichermaßen beliebt, weil es sich beim Wurf verlässlich verhält. Der Schwerpunkt ist optimal ausgelotet, selbst bei einem leichten Zittern tariert das Messer sich selbst aus und trifft immer mit der Spitze auf das Ziel. Ich selbst besitze keines, habe es aber schon einmal beim Training geworfen.«

Heike gab Bente ein Zeichen, dass sie Flackner in der Leitung hatte.

»Danke, Sie haben mir sehr geholfen«, beendete sie das Telefonat und reichte Hansen sein Handy zurück, während sie mit der anderen Hand zu Heikes Smartphone griff. »Flackner, du hast Rückstände am Messergriff festgestellt, um was handelt es sich?«

»Eine wachsartige Substanz, die genau Analyse steht noch aus, warum?«

»Bleib dran!«

»Äh, vor mir liegen drei Leichen, ich habe keine Zeit am Tele...«

»Bleib einfach dran!«, unterbrach sie ihn energisch.

»Das Zimmer der Nonne ist noch versiegelt?«, wandte sie sich an Heike.

»Ja!«

»Dann los!« Bente eilte aus dem Raum, lief das Treppenhaus hoch auf Station 3 und brach das Polizeisiegel an der Tür des Tatortzimmers auf.

Die blutige Bettwäsche war von der SpuSi mitgenommen worden, aber getrocknetes, dunkles Blut befand sich noch am metallenen Bettgestell.

»Halt das Bett fest!«, wies sie Heike an. Dann stieg sie auf die Matratze und richtete sich mit hochgestreckten Armen auf.

»Brodersen, was machst du, bist du noch dran?«, erkundigte Flackner sich genervt. Heike hatte ihn auf Lautsprecher gestellt.

»Bei wie viel Grad schmilzt Wachs?«, rief Bente.

»Das weiß ich nicht, da muss ich meinen Telefonjoker anrufen«, lachte Flackner über seinen Witz.

»Flackner, jetzt sofort! Ich stehe auf einem Krankenbett und brauche eine konkrete Aussage!«

»Äh, weich und formbar wird es schon ab 20 Grad und flüssig bei 63 Grad.«

»Die Lampe über dem Bett weist einen wachsartigen Rückstand auf«, sagte Bente, nahm etwas davon auf die Fingerspitze und rieb mit dem Daumen daran.

»Hast du die Spuren von der Deckenbeleuchtung mit denen vom Messergriff verglichen?«, fragte Bente.

Flackner stöhnte genervt auf. »Nein, habe ich nicht! Falls du es vergessen hast: seit dem Mord an der Nonne hast du mir die Obduktion von zwei weiteren Leichen aufgetragen!«

»Aber du hast Spuren an der Deckenlampe gesichert?«

»Nein, und du musst jetzt nicht darauf herumreiten, ich hole das morgen nach!«

Bente schwieg vielsagend.

»Weißt du eigentlich, seit wann ich auf den Beinen bin?«, empörte Flackner sich halbherzig. Ihm war das Versäumnis unangenehm, aber es fiel ihm schwer, einen Fehler zuzugeben.

»Ja, genauso lange wie wir, also beeile dich!«

Bente stieg wieder von dem Bett hinunter. »Es würde erklären, warum niemand zum Todeszeitpunkt im Zimmer war, so muss es gewesen sein«, seufzte sie.

Heike sah zur Lampe. »Du meinst, das Messer war an der Glasabdeckung befestigt und ist runtergefallen, als das Wachs weich wurde?«

Bente nickte. »Er muss beim Verlassen des Zimmers das Licht eingeschaltet haben, sodass die Substanz sich langsam erwärmte. Das Bett ist so ausgerichtet, dass das Messer direkt in Schwester Benedictas Brustkorb gefallen ist!«

»Unglaublich! Aber wenn wir keine Fingerabdrücke finden, wird es schwer sein, ihm das nachzuweisen«, wand Heike kopfschüttelnd ein.

»Sollte Beckmeyer tatsächlich drei Morde begangen haben, wird Flackner irgendwo einen Fussel oder eine Faser finden!«

»Hoffentlich! So perfekt, wie diese Morde durchgeführt wurden ...« Heike ließ den Satz unvollendet.

»Es ist zumindest eine Theorie, aber uns fehlt das Motiv! Warum mussten drei Menschen sterben? Weshalb waren sie so gefährlich für ihn, dass er sie für immer zum Schweigen gebracht hat?«

»Das Motorrad!«, rief Heike und Bente nickte.

»Wir sehen uns die Live-Fotos in der Vergrößerung an!«

Zurück in der Personalküche präsentierte Klemme ihnen den Zusammenschnitt der Live-Fotos von Reschers Handy.

Alle blickten auf die Aufnahme.

»Stopp!«, befahl Bente nach elf Sekunden und Klemme fror das Bild ein, spulte zwei Sekunden zurück und ließ das Live-Foto in Dauerschleife laufen. Sie sahen Pastor Behrend im Beiwagen, wie er hektisch zu einem Brief griff und sich vorbeugte, dann war die Aufnahme vorbei.

»Zoom näher ran!«

Klemme betätigte eine Tastenkombination und sie beobachteten gebannt, wie der Pastor das Kuvert irgendwo zwischen Verkleidung und Chassis des Beiwagens versteckte.

Bente zögerte kurz, dann rief sie Erik an: »Planänderung, es geht nicht um Rescher, ihr könnt die Aktion abbrechen! Im Beiwagen des Motorrads befindet sich das Motiv für die Morde!«

Kapitel 34

An der Musikmuschel in Westerland hatte das Team die Dreharbeiten im Händlerraum beendet und Bühnenbild, Kamera- und Tonequipment abgebaut.

Trotz der tragischen Umstände hatte Silke Fechter sich bei dieser Feuerprobe bewährt.

Sie sah die Promenade entlang und staunte. Die Vorbereitungen für die Sendung hatten den ganzen gestrigen Tag in Anspruch genommen, der Abbau keine zwei Stunden! Niemand hatte länger als nötig bleiben wollen. Fluchtartig waren die Teams aufgebrochen, um die Rückreise anzutreten. Silke schluckte die aufsteigenden Tränen hinunter. Sie vermisste die fröhliche Stimmung am Ende einer Produktion, wenn alle Beteiligten trotz Müdigkeit und Erschöpfung aufgekratzt in einem ortsansässigen Restaurant den Erfolg feierten. Sie würde die Nacht noch auf Sylt verbringen und morgen mit dem Autozug aufs Festland fahren. Die Fahrt nach Mannheim war lang und dort wartete lediglich eine leere Wohnung auf sie. Wehmütig dachte sie an Jochen und ließ ihren Tränen freien Lauf.

Horst trat neben sie und umschloss ihre Hände mit seinen. »Es wird dauern, bis wir begreifen, dass Jochen nicht mehr da ist«, flüsterte er ergriffen.

»Er wirkte heute Morgen irgendwie aufgewühlt«, schluchzte Silke.

»Bestimmt war es schwer für ihn, an den Ort zurückzukehren, wo seine Zwillingsschwester gestorben ist«, erklärte Horst.

»Davon wusste ich nicht, er hat mir nur wenig Privates erzählt.«

»Mir auch nur einen Abend an der Bar, das ist schon Jahre her und wir hatten beide ein Bier zuviel«, grinste Horst traurig. »Es muss lange her sein, aber auch sie hatte sich in St. Severin vom Kirchturm gestürzt.«

»Das ist ja furchtbar! Dann musste er sich heute ja zurück in die Vergangenheit versetzt gefühlt haben!«

»Ja, so muss es gewesen sein, als der Pastor ums Leben kam. Es ist wirklich tragisch! Ich werde ihn vermissen!«, nickte Horst ihr zu und strich über seinen Schnurrbart.

Als Horst sich verabschiedet hatte, saß Silke noch lange in einem Strandkorb auf der Promenade und sah aufs Meer. Die Sonne stand schon tief und tauchte den Himmel in ein flammendes Meer aus allen Rottönen, die die Natur zu bieten hatte. Die Schönheit dieser Insel war wegen Jochens Tod in den Hintergrund getreten. Erst jetzt wurde sie sich des weißen Sandstrands und der Gezeitenströmung bewusst. In der Ferne ragten unzählige Windräder wie ein glitzernder Wald aus dem Wasser. Sie löste sich von diesem wunderschönen Anblick, zog die Schuhe aus und ging barfuß durch den Sand zum Wasser. Als es ihre Knöchel umspülte, bemerkte sie die starke Ebbströmung und verharrte so lange an einem Fleck, bis sie im Trockenen stand. Dass Ebbe und Flut mit der Anziehungskraft des Mondes zusammenhingen, wusste sie, aber jetzt erlebte sie dieses Naturschauspiel hautnah. »Mach´s gut, Jochen!«, flüsterte sie ergriffen und wandte sich entschlossen um. Sie würde ihren nächsten Urlaub hier auf Sylt verbringen und jeden Quadratkilometer mit dem Fahrrad erkunden! Als sie ihre Füße unter der Dusche vom Sand befreite, klingelte ihr Handy. »Fechter.«

»Kriminalhauptkommissarin Brodersen. Frau Fechter, wo ist das Beiwagenmotorrad?«

»In der Tiefgarage des *Miramars*. Warum fragen Sie?«

»Weil wir es sofort als Beweisstück konfiszieren müssen! Können wir uns dort treffen?«

»Der Sender ist nicht mehr zuständig, einer der Händler hat das Motorrad vor laufender Kamera erworben und auch schon weiterverkauft!«, erklärte sie bedauernd.

»Wissen Sie, an wen?«

»Irgendein Dr. Sowieso, keine Ahnung, tut mir leid, aber es wird wohl auf Sylt bleiben.«

Kapitel 35

Bente und Heike liefen die Stufen im Treppenhaus hinunter, als Timme anrief. »Bleib kurz dran Timme, ich stell dich gleich auf Lautsprecher«, rief Bente und durchquerte eilig die Empfangshalle. Draußen warteten Erik und ein Kollege im Streifenwagen vor ihrem Bulli. Nach einem kurzen Sprint startete sie den Motor und Heike verband das Handy mit der Freisprechanlage. »Sorry, jetzt hören wir dich, Timme!«

»Was ist da los bei euch, ich höre nur Keuchen und Sirenen!«, fragte er alarmiert.

»Wir sind auf einer heißen Spur, aber was hast du herausgefunden?«, wiegelte Bente ab, während sie sich bemühte, hinter dem Streifenwagen zu bleiben.

»Das Glockengeläut wird über Knopfdruck vom Altarraum aus gesteuert«, erklärte Timme.

Bente runzelte die Stirn. Sie rief sich Klemmes Gegenüberstellung der beiden vermeintlichen Selbstmorde ins Gedächtnis. Das war die Lösung! »Es ist die Gis-Glocke!«, rief sie aufgeregt. »Timme, lass zwei Kollegen von der Wache einen achtzig Kilo schweren Sandsack bringen und dann lehnt ihr den an die Glocke. Wenn du dann das Geläut einschaltest, müsste der Sack durch das Loch fallen!«

»Genial!«, riefen Timme und Heike gleichzeitig.

»Melde dich, ob meine Theorie aufgeht!«

»Mach ich, Chefin, aber soweit ich es nach drei Mal An- und Ausschalten beurteilen kann, ist das die Lösung!« Damit legte er auf und Heike starrte Bente verblüfft an.

»Heute und vor zwanzig Jahren haben alle Zeugen ausgesagt, dass die Glocken geläutet haben, als Pastor Behrend beziehungsweise Melanie Pahlmann vom Turm stürzten. Als ich heute bei Hanne Bress gesessen habe, war es mucksmäuschenstill und sie kauerte genauso zusammengekrümmt unter der Gis-Glocke wie ich heute Morgen! Beckmeyer muss Behrend betäubt haben und lediglich per Fernbedienung dafür sorgen, dass er durch das Loch fiel!«

»Ja, so muss es gewesen sein, ... Chefin!«, grinste Heike.

Bente knuffte sie in die Seite. »Vorsicht, mit mir ist nicht gut Kirschen essen, das mussten Flackner und Klemme heute schon feststellen!«, feixte sie.

»Richtig so! Wurde auch Zeit!«, entgegnete Heike zufrieden.

Kapitel 36

Bente und Heike trafen zeitgleich mit Erik und seinem Kollegen in der Tiefgarage des *Miramars* ein. Die beauftragte Sicherheitsfirma hatte nach dem Überfall auf Rescher die Bewachung der Maschine verstärkt und Heike informierte die beiden Securitymitarbeiter über den Einsatz.

Mittlerweile waren sie seit fast fünfzehn Stunden im Dienst, aber Bente wollte nicht Feierabend machen, bevor der Mörder gefasst war.

Sie hatte mit dem Händler von *Bares für Rares* telefoniert, der das seltene Motorrad ersteigert und bereits verkauft hatte. Per Blitzüberweisung war die Summe von einhundertfünfzigtausend Euro auf seinem Konto eingegangen und er hatte mit dem Käufer die Übergabe für 20 Uhr vereinbart.

Gemeinsam mit Erik trat Bente an den Beiwagen. Es dauerte nur eine Sekunde, bis sie den Brief aus einem Spalt zwischen der ledernen Innenverkleidung und dem Chassis gezogen und gegen ein anderes Kuvert ausgetauscht hatte. Das Live-Foto von Pastor Behrend hatte ihr die Lösung präsentiert, aber nun drängte die Zeit und sie wandte sich an die Umstehenden: »Wir müssen Beckmeyer auf frischer Tat ertappen, also alle auf ihre Posten! Zugriff erst, wenn er den Brief in der Hand hält!«

Sie war sich sicher, dass er danach suchen würde, noch bevor er sich die Bedienung der Maschine erklären ließe.

Der Händler war mittlerweile von Heike instruiert worden und als Beckmeyer in die Tiefgarage kam, um die Papiere und Schlüssel zu übernehmen, begrüßte er ihn freundlich. »Da haben Sie Glück, dass Sie sofort zugeschlagen haben, es gab noch zahlreiche andere Interessenten, aber verkauft ist verkauft!«, strahlte er seinen Kunden an und reichte ihm Schlüssel und Papiere. »Oh, ich habe den Zweitschlüssel in meinem Schließfach an der Lobby vergessen, einen Moment, ich bin sofort zurück. Sehen Sie sich in Ruhe das Schmuckstück an, ich erkläre Ihnen dann gleich die Besonderheiten!«, entschuldigte er sich und ging zum Fahrstuhl. Bente bewunderte in ihrem Versteck die Coolness dieses redegewandten Mannes. Seine Stimme war weder zögerlich noch ängstlich gewesen, aber es handelte sich ja auch um einen Profi vor der Kamera!

»Kein Problem, lassen Sie sich Zeit!«, erwiderte Beckmeyer lächelnd und beugte sich sofort über den Beiwagen, als die Fahrstuhltür sich hinter dem Händler geschlossen hatte. Hektisch tastete er den Innenraum ab und stieß schließlich einen spitzen Triumphschrei aus, als er das Kuvert in der Hand hielt. Aufgeregt öffnete er es und zog ein gefaltetes, leeres Blatt Papier heraus. Sofort erkannte er die Falle und stürzte zum Ausgang, aber Erik trat aus der Nische neben der Tür und legte ihm Handschellen an.

»Suchen Sie diesen Brief, Herr Beckmeyer?«, fragte Bente süffisant und trat hinter einem Kleinbus von dem gegenüberliegenden Stellplatz hervor. »Ich nehme Sie wegen des dringenden Tatverdachts des vierfachen Mordes fest!«

Kapitel 37

Es war kurz vor Mitternacht, als Ulrike über den Strand tobte und endlich in die Fluten springen durfte. Erik warf einen Ball weit hinaus Richtung England und die Hündin preschte hinterher. »Der ist futsch, den findet sie nicht!«, murmelte Bente glücklich und kuschelte sich in Eriks Armbeuge.

»Pah, ihre Nase ist genauso gut wie deine, aber ihre Beine sind schneller!«, frotzelte Erik und Bente stieß sich übermütig von ihm ab und sprintete Ulrike durch die flachen Priele hinterher. Nach nicht einmal zwanzig Metern holte er sie ein und zog sie lachend mit sich auf den Ebbstrand. Es war eine warme Juninacht kurz vor Mittsommer. Trotz der späten Stunde war es nicht ganz dunkel und der Mond strahlte am wolkenlosen Himmel.

Erik klappte den mitgebrachten Pappkarton auf und reichte Bente ein Stück kalte Pizza. Dankbar und hungrig aß sie schweigend, bis Ulrike hechelnd den Ball vor ihre Füße legte und bettelnd ihre Hand fixierte. Seufzend warf Bente ihr den Pizzarand zu.

Erik reichte ihr grinsend ein weiteres Stück. »Die Fressgeschwindigkeit ist auch die gleiche!«

Mit vollem Mund knuffte sie ihn in die Seite, verzichtete aber auf eine Erwiderung. Sie hatte den ganzen Tag nichts gegessen und vor Erik waren ihr Essmanieren egal, deshalb schlang sie die Pizza herunter, gab Ulrike wieder ihren Anteil und nahm lachend ein drittes Stück entgegen. Erst als sie den letzten Bissen vertilgt hatte, ließ sie sich zufrieden in Eriks Arme fallen und sah zum Sternenhimmel hinauf.

Sie waren nach Beckmeyers Festnahme und einem Zwischenstopp im Büro nach List an den Surfstrand gefahren. Jetzt spazierten sie Arm in Arm zum Bulli, klappten die Rückbank um und öffneten die Heckklappe. Ulrike jagte einem Kaninchen nach und Erik schüttelte mitleidig den Kopf, als sie unverrichteter Dinge zurückkam. »Nicht traurig sein, mein Mädchen, wir öffnen dir die Futterdosen, damit du nicht verhungerst!«, raunte er ihr zu.

Bente durchströmte eine Welle der Zuneigung. »Ich liebe dich«, flüsterte sie in die Nacht und spürte seine Hände an ihrer Taille heraufwandern.

Später schmiegte sie ihren Kopf an Eriks Schulter und richtete ihren Blick auf die dunkle, friedliche Nordsee. Die Müdigkeit machte sich in ihr breit, aber sie wollte nicht schlafen, bevor sie diesen unglaublichen Tag gedanklich abgehakt hatte.

»Es gibt also keinen Fluch von St. Severin?«, fragte Erik. Er spürte, dass sie Redebedarf hatte.

»Natürlich nicht!«, grinste sie. »Hanne Bress hatte sich als Kind nachts im Kirchturm versteckt und ihr Großvater brach sich auf der Suche nach ihr das Genick, als er in ein frisch ausgehobenes Grab fiel.«

»Ein tragisches Unglück, was vor einem halben Jahrhundert sicher nicht psychotherapeutisch aufgearbeitet wurde!«, seufzte Erik.

Bente nickte. »Zudem wurden in der Familie Bress die Unglücksgeschichten, die die Sage von dem Fluch begründeten, am Leben gehalten, weil der Stammbaum wohl bis zu einem der Opfer aus dem Mittelalter zurückreicht! Hanne Bress war nie verheiratet oder liiert, weil sie Angst hatte, den Fluch an Kinder weiterzugeben!«

»Puh, das ist hart. Deshalb wollte sie sich umbringen?«

»Ja, bevor noch weitere Todesfälle geschehen würden, für die sie sich verantwortlich fühlte. Sie ist in der Klinik und wird Hilfe brauchen, um zurück in die Realität zu finden, aber ihr Vater scheint ganz vernünftig zu sein.«

»Die Morde als Selbstmorde zu tarnen, war beinahe perfekt.« Erik nahm den Ball aus Ulrikes Schnauze, warf ihn durch die offene Heckklappe in die Dunkelheit und lachte, als die Hündin irritiert guckte. »Nicht übers Bett, da raus, such den Ball!«, rief er glucksend und wies ihr den Weg durch die offen stehende Schiebetür.

Bente kicherte und fuhr dann ernst fort: »Schwester Benedicta war vor zwanzig Jahren seine bezahlte Komplizin, als er seine Frau ermordet hat. Sie war drogenabhängig und brauchte das Geld, aber das schlechte Gewissen hat sie nicht losgelassen. Melanie Pahlmann hatte ihren Mädchennamen behalten und in seiner Personalakte in der Klinik hat er statt *verwitwet, ledig* angekreuzt, deshalb haben wir diese Verbindung nicht gesehen. Er hatte seine Frau auf den Kirchturm gelockt, sie sediert und an die Gis-Glocke gelehnt.«

»Mit der Mechanik dieser Glocken kennt Timme sich jetzt aus«, grinste Erik.

»Jep, er hat keine Mühen gescheut …«, murmelte Bente schläfrig.

»Ich wäre gern dabei gewesen, als die Kollegen den schweren Sandsack in den Glockenturm geschleppt und an die Glocke gelehnt haben. Wenn man weiß, dass sie immer erst nach links schwenkt und damit das Loch freigibt, ist es wirklich einfach, einen Bewusstlosen in den Tod stürzen zu lassen!«

»Ja, Beckmeyer hatte damit schon einmal Erfolg, aber Hansen hat meine Zweifel an diesem Selbstmord sofort bestärkt, und da Mord nicht verjährt, wird dieser smarte Doktor wegen vierfachen Mordes einsitzen!«

»Verdient! Schlimm genug, dass er zwanzig Jahre unbehelligt davongekommen ist! Um Schwester Benedicta tut es mir aber irgendwie leid, auch wenn sie eine große Mitschuld trägt, scheint sie kein schlechter Mensch gewesen zu sein!«

»Hmmm, in dem Brief, den sie Pastor Behrend anvertraut hat, steht ihr unterschriebenes Geständnis. Sie hatte sich damals das gleiche Kleid angezogen, das Melanie Pahlmann trug und sich eine blonde Perücke aufgesetzt. Als sie vor zahlreichen Zeugen angekündigt hatte, sich umzubringen und kurz darauf eine gleich aussehende Frau vom Turm stürzte, schöpfte niemand Verdacht. Sie hatte die Verkleidung abgelegt und sich unter die Schaulustigen gemischt.«

Erik öffnete ein Bier und hielt es Bente hin. Sie trank und reichte ihm die Flasche zurück.

»Auf dich!«, prostete er ihr zu.

Eine Weile saßen sie still in dem Bus und lauschten der Nordsee, bis Erik das Schweigen brach: »Und Jochen Pahlmann?«

»Er war wegen der Filmaufnahmen an der Kirche, als Pastor Behrend vom Turm stürzte. Ich vermute, dass er seinen Ex-Schwager gesehen hat und ihm zum Krankenhaus gefolgt ist. Vielleicht hat er immer an dem Selbstmord seiner Zwillingsschwester gezweifelt und wollte Beckmeyer zur Rede stellen. Das war leichtsinnig, weil er hätte wissen müssen, dass dieser kaltblütige Mörder nicht vor einem weiteren Mord zurückschrecken würde! Er hätte besser zu uns kommen sollen!«, seufzte Bente. »Stattdessen wurde auch er sediert und so in den Kofferraum gelegt, dass der schwere Wagen ihn beim Zurückrollen zerquetscht hat.«

»Das alles ist ein Musterbeispiel für die Spirale der Gewalt!«, bemerkte Erik nachdenklich.

»Flackner hat bei allen drei Opfern speziell nach feinsten Einstichen gesucht, die normalerweise übersehen worden wären. Beckmeyer hat biegsame Nadeln aus der Gesichts- oder Zahnmedizin verwendet, um seinen Opfern ein hochdosiertes Gemisch aus Antibiotikum und Propofol zu spritzen.« Bente gähnte und Erik schloss sie in die Arme. Wohlig schloss sie die Augen.

»Dieser Mord aus der Vergangenheit muss wie ein Fluch über dem Doktor gehangen haben«, murmelte Erik schläfrig.

Bente rekelte sich, schaffte es aber nicht, die Augen zu öffnen. »Wenn ich noch einmal das Wort Fluch höre, fahre ich nach Hause ...«, flüsterte sie und schlief ein.

Erik strich ihr eine Haarsträhne aus dem Gesicht und küsste sie sanft auf die Stirn.

Im Halbschlaf sah Bente das Gesicht von Schwester Benedicta. Sie lächelte ihr zu und hatte offenbar ihre Vergebung gefunden.

ENDE

Danke

Haben Bente Brodersen und ihr Team Ihnen ein paar spannende Stunden beschert und hat Ihnen die Geschichte um die friesische Hauptkommissarin auf Sylt gefallen? Wenn ja, freue ich mich über eine Bewertung auf amazon, gern auch mit einigen Zeilen!

Als gebürtige Nordfriesin verbrachte ich viele Wochen mit unterschiedlichen Jobs auf Sylt und bis heute ist kein Jahr vergangen, in dem ich nicht mindestens für einen Urlaub dort war. Ich hoffe, Ihnen die Schönheit dieser Insel ein bisschen vor Augen geführt zu haben.

Liebe Leser*innen, empfehlen Sie mich gern in Ihrem Freundes- und Bekanntenkreis und teilen Sie den SYLT-KRIMI auf Facebook, Instagram, etc...

Sind Sie gespannt, wie es weitergeht mit Bente Brodersen auf Sylt? Dann folgen Sie KRINKE REHBERG auf amazon, damit Sie über Neuerscheinungen informiert werden!

DANKESCHÖN,

Ihre Krinke

Verpassen Sie keine Neuerscheinung!
Einfach im Newsletter eintragen:
www.krinkerehberg.com

Lesen Sie weiter...

Prolog

Boston, Deer Island State Prison

Februar 1990

Du hast einen Plan?«

»Setz dich hin und sei still!«, brummte Vincent Ferrara und sah sich nach den Wachmännern um, die im Besucherraum darauf achteten, dass keinem der Insassen etwas zugesteckt wurde.

»Was immer du befiehlst, Boss, ich erledige das!«

»Ich sagte, du sollst still sein!«, zischte Ferrara.

Bobby Donati war ein skrupelloses Mitglied der Patriarca Familie, und auch wenn er nicht der hellste Kopf im Clan war, zog er seine Jobs durch, koste es, was es wolle.

»Ich habe hier auf Deer Island jemanden kennengelernt. Er hat mir einen Kontakt genannt.« Vincent Ferrara rieb sein kräftiges Kinn.

Bobby Donati beugte seinen schlaksigen Oberkörper vor, um den geflüsterten Namen zu verstehen. Er nickte stumm.

»Du kommst erst wieder, wenn die Sache erledigt ist! Dann gebe ich dir weitere Anweisungen.«

»Okay, Boss!« Ohne sich umzudrehen, verließ Donati den Besucherraum.

Ferrara blieb sitzen und hing seinen Gedanken nach. Er interessierte sich einen Dreck für Kunst, aber der Coup war ideal für seine Zwecke. Er würde ein großes, öffentliches Interesse bewirken. Das war sein Freifahrtschein aus dem Knast.

Zwei Monate später entschloss sich der Staat Massachusetts dazu, das Gefängnis auf Deer Island zu schließen und die Insassen zu verlegen.

Vincent Ferrara wurde in seiner ersten Nacht im Boston State Prison von Mitinsassen eines verfeindeten Mafiaclans erschlagen.

Bobby Donati brauchte einen neuen Plan.

Kapitel 1

Boston, Juli 1885

Mr. und Mrs. Jack

Sie haben es?«, fragte Mrs. Jack aufgeregt.

Ihr persönlicher Berater grinste selbstgefällig. Bernard Benson war die letzten Jahre in ganz Europa in ihrem Namen tätig gewesen. Die Aufträge brachten ihm finanzielle Sicherheit und er bewunderte ihre Kenntnisse über die europäische Renaissance.

Geld spielte keine Rolle für sie. Mr. Jack entstammte einer der einflussreichsten Reederfamilien Neuenglands. Der unvorstellbare Reichtum stammte von den Importgeschäften mit Pfeffer aus Sumatra. Unzählige Schiffsladungen waren seinerzeit in Salem gelöscht worden.

»Wo ist er, wann kann ich ihn sehen?«, fragte Mrs. Jack ungeduldig.

»Geduld, meine Liebe. Vorfreude ist die schönste Freude, so heißt es doch? Als Überraschung habe ich einen Niederländer von meiner Reise mitgebracht.«

Wie ein kleines Kind riss sie die Augen auf und klatschte begeistert in die Hände. Dann griff sie zu ihrem Champagnerglas, leerte es in einem Zug und warf es hinter sich. Als es auf dem Boden zerbrach, lachte sie befreit auf und sah ihn schließlich auffordernd an. »Ich pfeife auf die Vorfreude, Bernard! Was haben Sie für mich?«

Achselzuckend beugte er sich vor und flüsterte in ihr Ohr, woraufhin sie einen spitzen Schrei ausstieß.

Niemand der Umstehenden nahm von ihnen Notiz. Das riesige, im gregorianischen Kolonialstil erbaute Anwesen war besucht von illustren Gästen aus der Bostoner Gesellschaft. Unzählige Fackeln erhellten den parkähnlichen Garten und säumten die geschwungene Auffahrt. In jedem Fenster der dreistöckigen Villa brannten Petroleumlampen. In der Empfangshalle standen mehrere Männer auf einer eigens errichteten Bühne und spielten fremdländisch anmutende Melodien und Rhythmen auf ihren Instrumenten.

Die Abende bei Mrs. und Mr. Jack gehörten zu den gesellschaftlichen Höhepunkten des Jahres und eine Einladung bedeutete die Zugehörigkeit zu diesem erlauchten Kreis. Viele der Gäste bemühten sich, ihr Staunen über die exzentrische Einrichtung und Musik zu überspielen, andere waren nicht zum ersten Mal geladen und bewegten sich wie selbstverständlich durch die Räume. Die Musiker wurden für anstehende Feiern gebucht, jeder Gast wusste, dass Mrs. Jack treffsicher die zukünftigen Stars auswählte. Mitarbeiter des *Boston Globe* und *Boston Herald* waren zugegen, um über diesen Abend zu berichten und zahlreiche Fotos zu schießen.

Als Mr. Jack 1898 starb, oblag es seiner Witwe, das gemeinsame Vermächtnis zu organisieren. Sie entschloss sich, der Nachwelt Zugang zu den Schätzen zu ermöglichen und ließ mitten in Boston einen venezianischen Palazzo im Renaissancestil errichten.

Im Juli 1924 erlag Isabella Stewart Gardner, genannt Mrs. Jack, einem schweren Schlaganfall. Sie hatte ihren Niederländer noch einmal sehen dürfen.

Kapitel 2

Der September zeigte sich von seiner besten Seite. Die Sonne sandte ihre wärmenden Strahlen auf die Insel und eine Gruppe Punks schlug ihr Nachtlager am Brunnen, in dem die *Dicke Wilhelmine* sich die Füße wusch, auf. Die Bronzestatue war eines der berühmtesten Wahrzeichen Westerlands. Alle Inhaber der anliegenden Geschäfte beäugten dieses Treiben argwöhnisch. Zahlreiche Beschwerden türmten sich seit Wochen im Rathaus.

Hauptkommissarin Bente Brodersen nutzte ihre Mittagspause für einen Spaziergang am Strand. Ihre Labradorhündin Ulrike apportierte unermüdlich den geworfenen Gummiball, aber Bentes Stimmung hellte sich dadurch nicht auf. Missmutig steuerte sie den Supermarkt an und ließ Ulrike vor der Tür warten. Erst an der Kasse realisierte sie, dass die auf dem Band liegenden Produkte vor allem eines waren: Seelentröster! Chips, Schokolade, Bratnudeln, Milchreis und Pudding wurden über den Scanner gezogen und sie stöhnte frustriert auf. Wo war ihre Selbstdisziplin geblieben? Unwirsch schüttelte sie den Kopf. Erik fehlte ihr! Er war für drei Wochen mit seinem Schulfreund Urs auf Rucksacktour durch Norwegen, fernab von Handynetz und WLAN. Fünf lange Tage und Nächte hatte sie sich in Selbstmitleid gesuhlt, das musste aufhören! Schließlich war sie keine sechzehn mehr und jahrelang ohne Partner glücklich gewesen! Eriks Abwesenheit führte ihr deutlich vor Augen, wie abhängig sie sich von ihm gemacht hatte. Jetzt war sie froh, dem Impuls einer Suche nach einer gemeinsamen Wohnung nicht nachgegeben zu haben. Sie würde ihre Unabhängigkeit bewahren und gegen das Gefühl des Alleinseins ankämpfen! Seufzend griff sie zu der Einkaufstüte und trat ins Freie.

Erik fuhr seit Jahren mit Urs zum Wandern und dieser Urlaub war vor knapp einem Jahr gebucht worden. Obwohl gerade ihr die Freiheit in einer Beziehung so wichtig war, verletzte sie die Tatsache, nicht gefragt worden zu sein. Sie hätte abgewunken und ihm viel Spaß gewünscht, aber dann wäre es ihre Entscheidung gewesen!

In Gedanken versunken, rempelte sie einen Punker an, der am Geländer vorm Eingang lehnte. Seine Bierdose fiel zu Boden und der Inhalt spritzte auf die Stufen.

»Scheiße! Ey, Mama, Augen geradeaus!«, rief der junge Mann verärgert.

Bente traute ihren Ohren nicht und starrte ihn pikiert an.

»Die Dose war noch voll und ich hab keine Kohle für `ne neue!«, nuschelte er anklagend und sah Bente auffordernd an.

Auch wenn er offensichtlich angetrunken war, ging keinerlei Bedrohung von ihm aus. Bente atmete tief ein. Als Polizistin war sie geschult in Deeskalation.

Gerade als sie zu einer Erwiderung ansetzte, trat eine kleine, ältere Dame auf den Punker zu und las ihm resolut die

Leviten: »Vorsicht, Junge! Haben deine Eltern dir keinen Respekt vor Frauen beigebracht?«

Überrascht sah er auf die Alte mit Gehstock herab und grinste. »Was mischst du dich ein, Oma! Wenn du mir kein neues Bier kaufen willst, dann verzieh dich!«

Im nächsten Moment lag der Griff des Gehstocks um seinen Nacken und die Alte zog seinen Kopf auf Höhe ihres Gesichts. »Respekt, sagte ich! Wiederhole dieses Fremdwort für dich!«, raunte sie ihm drohend ins Ohr.

Bente stand verdutzt daneben und verfolgte, wie der Punker wie befohlen das Wort Respekt nuschelte.

Zufrieden ließ die Alte locker und stützte sich mit beiden Händen auf den Gehstock. »Geh dich waschen, du stinkst!«, murmelte sie angeekelt und tatsächlich trollte der junge Mann sich.

»Danke für Ihr beherztes Eingreifen!«, wandte Bente sich lächelnd an die alte Dame. Sie hatte diese Hilfe nicht benötigt, aber das behielt sie für sich.

»War mir ein Vergnügen! Wäre eigentlich Sache der Polizei, aber wo sind die Freunde und Helfer, wenn man sie braucht? Da spiel ich gern Hilfssheriff«, lächelte sie zufrieden und zwinkerte Bente verschwörerisch zu. Dann wandte sie sich resolut um und ging erhobenen Hauptes an der Gruppe Punks vorbei Richtung Bahnhof. Bente sah ihr verdattert nach und grinste, als sie bemerkte, dass der Stock nicht als Stütze diente.

Sie gab Ulrike ein Handzeichen, woraufhin die Hündin freudig aufsprang. Hinter dem Brunnen bog sie links in die Stephanstraße ein, an deren Ende sich der behelfsmäßige Containerbau der Polizei befand. Höhe Hebbelweg blieb sie stehen und verfolgte gebannt die Abrissarbeiten an einer

Brandruine, die dem Stadtrat seit Jahren ein Dorn im Auge war. Offenbar lag endlich die Genehmigung zur Beseitigung dieser ehemals imposanten Villa vor und Bente fragte sich, was für ein Gebäude auf dem wertvollen Baugrund errichtet werden würde. Ein riesiger Bagger hatte gestern Balken für Balken des verkohlten Dachstuhls abgetragen. Es hatte ausgesehen, als spielte der Baggerfahrer Mikado. Der Bereich um das Gebäude war wegen Einsturzgefahr abgesperrt, aber zahlreiche Kinder und Schaulustige verfolgten fasziniert von der Straße aus die Arbeiten. Ein Schaufelbagger füllte den Bauschutt unter lautem Getöse in die bereitstehenden Müllcontainer. Plötzlich stoppten die Maschinen und Bente sah einen der Arbeiter wild gestikulierend auf das freigelegte Kellergeschoss zeigen.

Das war

SYLTKRMI
Grabkammer

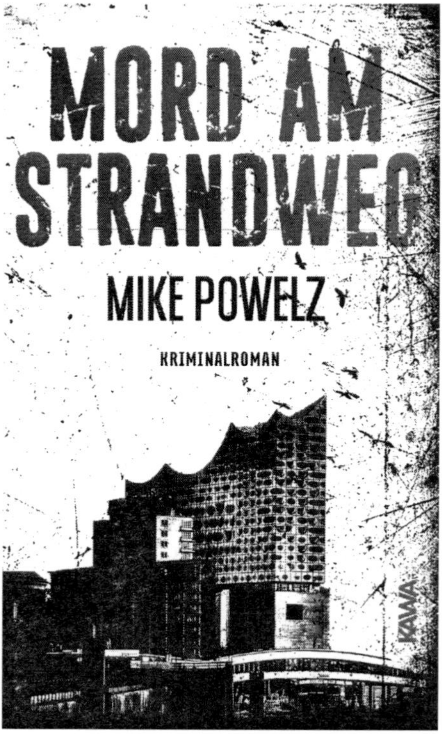
MORD AM STRANDWEG
MIKE POWELZ
KRIMINALROMAN
KAWA